ANAÏS GOUTIER

Pulverschnee mit Sternenstaub

Das Buch

Eine überzeugte Romantikerin, ihre exzentrische Sippe und ein Rockstar unterm Weihnachtsbaum

Weihnachten ist Familienzeit. Auch bei den Lacroix', einer großbürgerlichen Weinhändlerfamilie im verschneiten Bordeaux. Nesthäkchen Coralie reist aus Paris an, um unter dem Christbaum ihre Verlobung mit Bankierssohn Jules bekanntzugeben.
Doch so harmonisch wie erhofft geht es dann doch nicht zu. Jules sitzt bei einem Geschäftstermin in der Schweiz fest, Bruder Félix und Schwägerin Rosalie entwickeln sich als werdende Eltern zu bourgeoisen Spießern, Bordeaux-Dogge Paul Bocuse leidet unter Verdauungsproblemen und Opa wird allmählich renitent.
Als Coralie entnervt zur nächtlichen Hunderunde aufbricht, stolpert sie förmlich über einen jungen Straßenmusiker, der auf einer Parkbank seinen Rausch ausschläft und bei den eisigen Temperaturen zu erfrieren droht. Kurzerhand nimmt Coralie den vermeintlichen Clochard mit nach Hause. Nicht ahnend, dass der charmante Brite mit dem goldblonden Wuschelhaar und den himmelblauen Augen alles durcheinanderbringen wird. Denn Ethan spielt nicht nur phänomenal Gitarre, er stiehlt sich auch in Coralies Herz.
Als sich herausstellt, dass Ethan nicht das ist, wofür er sich ausgibt, ist das Chaos perfekt, und Coralie steht vor der schwierigsten Entscheidung ihres Lebens. Da kann nur noch ein Weihnachtswunder helfen.

»Pulverschnee mit Sternenstaub« ist eine französische Winterromanze – sinnlich, romantisch und voller Esprit.

Die Autorin

Anaïs Goutier ist das Pseudonym einer 1985 geborenen Autorin und promovierten Kulturwissenschaftlerin, die im Bereich der interdisziplinären Frauen- und Geschlechterforschung publiziert und forscht.
Als Anaïs Goutier veröffentlicht sie seit 2012 sinnliche Liebesromane mit Niveau, literarischem Anspruch und regelmäßigen Exkursen in die schillernde Welt der Kunst.

Mehr über die Autorin und ihre Bücher unter
www.anaisgoutier.jimdo.com oder bei Facebook.

Anaïs Goutier

Pulverschnee mit Sternenstaub

Winterromanze

Deutsche Erstausgabe

Herstellung und Vertrieb: Amazon Distribution
Independently published.

Umschlagabbildungen: pixabay.com
Umschlaggestaltung: Anaïs Goutier
Layout, Satz & Umbruch: Anaïs Goutier
Lektorat: Nailik
ISBN: 9798362794439

Der einzige Weg, eine Versuchung loszuwerden, ist, ihr nachzugeben.

Oscar Wilde

19. Dezember

»Papa, lass das! Du weißt doch, dass Paul Bocuse nichts vom Tisch bekommen soll. Und dass er keine Hülsenfrüchte verträgt.«

»Ach papperlapapp. Im Krieg habe ich jede Mahlzeit mit meinem Hund geteilt.«

»Fang nicht schon wieder damit an, Papa. Das ist achtzig Jahre her. Das waren völlig andere Zeiten damals.«

»Gerade darum ist es nicht einzusehen, dass Paul Bocuse nichts abbekommen soll«, entgegnet Opa trotzig. »Er ist ein Familienmitglied wie jedes andere auch. Und darüber hinaus ein echter Feinschmecker.«

»Schluss damit!«, zischt Maman entnervt, als Opa demonstrativ einen Entenbruststreifen unter dem Tisch verschwinden lässt. »Wir haben schließlich Gäste.«

Papa nimmt einen großen Schluck Rotwein, um sein Grinsen zu kaschieren, doch Maman hat es natürlich trotzdem gesehen. Sie bedenkt erst Papa mit einem vernichtenden Blick, ehe sie entschuldigend zu Rosalie hinüber sieht.

»Es ist eine Katastrophe. Du hast in ein Irrenhaus eingeheiratet, Liebes«, sagt sie und schüttelt frustriert den Kopf. »Da kann man nichts machen.«

Rosalie lächelt selig und ein wenig einfältig, wie sie

offenbar glaubt, dass es von Schwangeren rund um die Uhr erwartet wird.

»Lass ihn doch, Maman«, murmelt mein Bruder großzügig, ohne von seinem Smartphone-Display aufzublicken.

Wenn ich mich erdreisten würde, mich beim Adventsessen mit der Familie mit meinem Handy zu beschäftigen, wäre mir eine Standpauke gewiss, wie sie gerade Opa erlebt hat. Aber für Félix gelten natürlich andere Regeln. Schließlich soll er in absehbarer Zeit die Leitung des Familienunternehmens übernehmen. Wenn er alle fünf Minuten seine Mails checkt, verleitet das Maman allenfalls zu mitleidigen Blicken und sorgenvollen Kommentaren darüber, dass der arme Junge so schlecht aussieht, weil er sich niemals eine Pause gönnt.

»Ich bin noch nicht dement und kann noch für mich selbst sprechen«, brummt Opa.

Félix verdreht die Augen und zuckt mit den Schultern, während er noch immer mit dem Handy beschäftigt ist. »Bitte. Ich wollte dich bloß ein bisschen supporten.«

Opa runzelt die Stirn. »Ich verstehe den Schnösel nicht. Versteht ihr, was er sagt?«

»Der Linsensalat und die Entenbrust waren wirklich köstlich«, zwitschert Rosalie und nippt an ihrem Traubensaft.

Laut Maman zählt die Fähigkeit zur Deeskalation zu Rosalies herausragenden Talenten, auch wenn das in den meisten Fällen bloß bedeutet, Gespräche, die gerade dabei sind, Fahrt aufzunehmen, schnellstmöglich ins

Triviale und Belanglose zu überführen.

Opa lässt währenddessen erneut ein Stückchen Entenbrust unter der Tischplatte verschwinden und ich grinse in mich hinein.

»Wo hast du eigentlich Jules gelassen, Schwesterherz?«, fragt Félix über den Tisch hinweg und legt zum gefühlt ersten Mal seit seiner Ankunft das Smartphone zur Seite. Gut möglich, dass ihm tatsächlich erst jetzt aufgefallen ist, dass ich ohne Jules hier bin.

»Er konnte leider nicht mitkommen. Er fliegt morgen geschäftlich nach Genf«, sage ich und picke die letzten Belugalinsen von meinem Teller.

»Ach, Mist. Ich hatte mich echt darauf gefreut, ihn mal wieder zu sehen und ein paar Drinks mit ihm zu nehmen«, seufzt Félix. Doch ehe er weitersprechen kann, vibriert sein Telefon neben dem Teller und fordert seine ganze Aufmerksamkeit.

»Wirklich schade, dass Jules nicht da ist«, versucht Rosalie, das Gespräch künstlich aufrechtzuerhalten, und macht ein mitleidvolles Gesicht.

Ich nicke und lege mein Besteck beiseite. »Aber er kommt nach, sobald er kann.«

Dann hellt sich die Miene meiner Schwägerin urplötzlich wieder auf und dieses zuckersüße Strahlen malt sich auf ihre Wangen. »Wie steht es eigentlich um eure Heiratspläne?«

»Heiratspläne?« Ich starre sie verwirrt an.

Rosalies ohnehin rosige Wangen beginnen zu glühen, als sie hastig einen Schluck Traubensaft nimmt. »Oh je, habe ich etwas Falsches gesagt? Ich wollte dir nicht die Überraschung verderben, Coralie. Aber deine Mutter hat so etwas angedeutet ...«

»Ich habe bloß gesagt, dass eine Verlobung an Weihnachten doch sehr romantisch wäre«, unterbricht Maman sie schnell.

Ich blinzele entgeistert. »Das hast du gesagt?«

»Du hast doch selbst erzählt, du und Jules hättet neulich übers Heiraten gesprochen und da dachte ich ...«

»Ganz allgemein und hypothetisch!«, unterbreche ich sie scharf. »Ich weiß überhaupt nicht, warum ich dir das erzählt habe. Von einer Verlobung an Weihnachten war jedenfalls nie die Rede.«

»Natürlich nicht, Schatz«, murmelt sie konsterniert. »Ich dachte ja auch bloß ...«

»Was deine Mutter sagen will, ist, dass wir Jules alle sehr schätzen und uns freuen würden«, kommt ihr Papa zur Hilfe. »Ganz egal, wann ihr euch dazu entschließt, Schatz.«

Ich kräusele die Lippen. Ich bin erst seit ein paar Stunden hier und möchte am liebsten schon wieder davonlaufen.

Unter dem Tisch setzt eine Maschinengewehr-Salve ein.

»Paul Bocuse!«, zischt Maman erbost. »Du könntest wenigstens genug Anstand besitzen, mit deinen Flatulenzen raus auf den Flur zu gehen.«

Verblüfft beobachten wir, wie Opas Bordeaux-Dogge unter dem Tischtuch hervorkommt und mit schuldbewusst gesenktem Haupt in Richtung Diele davontrottet.

»Coralie? Hilfst du mir bitte kurz in der Küche?«,

fragt Maman und beginnt, die Vorspeisenteller aufeinanderzustapeln.

»Sicher«, murmele ich und stehe ebenfalls auf.

Dann folge ich ihr in die Küche, wo Héloise am Herd steht und die Filetsteaks für den Hauptgang brät.

»Oh, das duftet fantastisch, Héloise«, sage ich und beuge mich über ihre Schulter, um den unvergleichlichen Duft von Café de Paris und Rosmarinkartoffeln zu inhalieren, die in einer Gusseisenpfanne ebenfalls auf dem Herd schmoren.

»Habe ich extra für dich gekocht. Ich weiß doch, wie gern du diese Sauce magst, mein Häschen«, sagt Héloise und dreht sich zu mir um, um mich zu herzen.

Als kleines Mädchen hatte ich dabei regelmäßig das Gefühl, zwischen der wogenden Masse ihrer üppigen Brüste zu ersticken. Inzwischen überrage ich Héloise um beinahe zwei Kopflängen, sodass die Gefahr gebannt ist. Wie eh und je trägt sie beim Kochen eines ihrer kunstvoll gebundenen, bunt gemusterten Kopftücher, wie man sie in ihrer Heimat auf La Réunion trägt, unter dem ihre großen goldenen Creolen herausschauen. Wie die Ohrringe ist alles an Héloise stets in wellenförmiger Bewegung; ihr wippender Busen und der weit schwingende Rock, der ihre ausladenden Hüften betont.

Héloise ist die gute Seele des Hauses, seit ich denken kann, und das sprichwörtliche Mädchen für alles. Kindermädchen, Zugehfrau, Köchin, Concierge in Personalunion. Und inzwischen außerdem Opas Betreuerin. Sie greift Maman unter die Arme, wo sie nur kann. Ich weiß wirklich nicht, was wir ohne Héloise täten.

»Es tut mir leid, Schatz. Ich wollte dich mit dieser Sache nicht brüskieren und Rosalie wollte das sicher auch nicht«, sagt Maman und spielt an ihrer Perlenkette. »Es ist nur so, dass Jules ja beinahe zur Familie gehört und ich mich so gefreut habe, als du am Telefon dieses Wort gesagt hast.«

Ich seufze und nehme mir fest vor, nie wieder mit Maman zu telefonieren, wenn ich vorher beim Abendessen ein Glas Wein hatte.

»Es ging bloß um Steuervorteile, Maman. Jules hat ein paar Modellrechnungen angestellt. Das war alles. Absolut unromantisch.«

»Das ist eben seine Art, Liebling«, sagt sie, während sie beginnt, die Teller für den Hauptgang mit Rosmarinzweigen und grünen Bohnen zu verzieren, die sie wie kleine Mikadostäbchen zu pyramidenartigen Stapeln arrangiert. »Zahlen sind seine Passion. Da fühlt er sich sicher. Also versucht er, dich damit zu überzeugen.«

»Vielleicht möchte ich aber gar nicht überzeugt, sondern viel mehr übermannt werden«, entgegne ich. »Vielleicht will ich einfach etwas mehr Romantik.«

Ich halte inne, als Maman ihre Hand auf meine legt.

»Ich verstehe dich ja, Liebling. Aber eine Partnerschaft verträgt nun mal nicht zwei Romantiker. Man muss sich ergänzen. Jules Rationalismus und deine Künstlernatur ergänzen sich perfekt. So wie bei Papa und mir.«

»Findest du wirklich, dass das ein gutes Beispiel ist, Maman? Eine gefeierte Konzertpianistin, die ihren Beruf aufgibt, um ihrem Mann den Rücken freizuhalten und zu Hause bei den Kindern zu sein? Die den verzogenen Rotzlöffeln aus der Nachbarschaft *Für Elise* und *Comptine d'un autre été* beibringt, statt selbst auf einer Bühne zu stehen?«

Merde! Schon während ich es ausspreche, tut es mir leid.

Maman klappt den Mund auf und wieder zu.

»Entschuldige, Maman. Das war nicht fair«, murmele ich kleinlaut.

Sie blinzelt.

»Es war zu hart«, schiebe ich nach. »Das wollte ich nicht.«

»Schon gut, mein Schatz. Aber eins musst du wissen: Ich habe das selbst entschieden. Niemand hat mich dazu gezwungen. Und ich würde immer wieder so entscheiden.«

Ich nicke. »Ich weiß.«

❄ ❄ ❄

»Und Paul Bocuse?«, fragt Opa, als ich ihm seinen Teller hinstelle.

»Héloise hat in der Küche die Filetspitze für ihn aufbewahrt«, flüstere ich ihm ins Ohr und tätschele seine Schulter. »Und jetzt lass es dir schmecken, Opa, und heb nichts für den Hund auf.«

Wie erwartet, ist auch der Hauptgang zum Niederknien köstlich. Vor allem die legendäre Café-de-Paris-Sauce à la Héloise hätte einen Eintrag im Larousse Gastronomique verdient. Sogar Félix hat sein Smartphone beiseitegelegt, um sich ganz den kulinarischen Genüssen zu widmen.

»So still erlebt man euch ja selten«, sagt Maman zufrieden. »Ein sicheres Zeichen, dass es allen schmeckt. Oh, seht nur!« Sie deutet Richtung Fenster. »Jetzt schneit es auch noch! Ist das nicht wundervoll? Ein Adventssonntag wie aus dem Bilderbuch. Und die ganze Familie friedlich vereint. Nach dem Essen machen wir es uns bei etwas Hausmusik am Kamin gemütlich. Was meint ihr? Aber zuerst gibt es noch für alle Crème Caramel mit winterlichem Zwetschgen-Feigen-Kompott.«

Sie ist jetzt wieder ganz in ihrem harmoniebedürftigen Element.

»Wenn Héloise und du so weitermacht, müssen wir nach den Feiertagen alle in einer Diätklinik einchecken«, entgegnet Félix und reibt sich lachend den Bauch.

»Ich muss die kurze Weihnachtswoche doch nutzen, um euch ein bisschen aufzupäppeln, so schlecht, wie ihr alle ausseht. Besonders Rosalie kann ein paar Extra-Kalorien vertragen – schließlich isst sie momentan für zwei.«

Maman zwinkert ihrer Schwiegertochter verschwörerisch zu. Von Mutter zu werdender Mutter.

Ich nehme einen Schluck Wein.

Dann serviert Héloise das Dessert.

Von nun an dreht sich das Gespräch nur noch um die Schwangerschaft und darum, wie sich Félix und Rosalie das zukünftige Leben zu dritt vorstellen. Mein Bruder hat dazu verblüffend wenig zu sagen, Rosalie dagegen scheint schon sehr genaue Vorstellungen zu haben.

»Wir werden es so machen, wie ihr«, sagt Rosalie strahlend. »Ganz traditionell, auch wenn das altmodisch klingt. Ich werde erst mal zu Hause bleiben. Schließlich braucht ein Kind seine Mutter. Man bekommt doch keine Kinder, um sie schon als Säuglinge in eine Krippe zu stecken, oder?« Rosalie kräuselt die Stirn und schüttelt den Kopf, um ihre Worte zu unterstreichen. »Ich finde das unmenschlich. Du bist mein großes Vorbild, weißt du, *belle-mère*? Und Félix findet es auch super, wenn ich zu Hause bin. Außerdem wären die ganzen Termine anders ja auch kaum zu schaffen.«

»Welche Termine?«, frage ich, um wenigstens etwas zum Gespräch beizutragen.

»Na, die ganzen Babykurse. Die Babymassage, das Prager-Eltern-Kind-Programm, der Baby-Kommunikationskurs, das Babyschwimmen, die Krabbelgruppe und natürlich der Musikgarten.«

»Der Musikgarten?«, wiederhole ich stirnrunzelnd.

»Ein pädagogisches Programm zur musikalischen Früherziehung«, erklärt mir Rosalie beflissen.

»*Ô mon Dieu!*«, murmele ich. »Das klingt tatsächlich nach einem gewaltigen Pensum.«

»Und da sind der Rückbildungskurs, die Ernährungs- und Erste-Hilfe-Kurse für Babys noch gar nicht mitgezählt«, legt Rosalie nach. »Ach, da fällt mir etwas ein! Uns fehlt noch ein guter Fotograf für die monatlichen Baby-Shootings. Und da dachte ich, du könntest ...«

»Ich?«, frage ich verwirrt.

»Na, du bist doch Fotografin«, schiebt Rosalie nach

und klimpert mit ihren langen Wimpern.

»Aber doch keine Porträtfotografin«, entgegne ich konsterniert.

»Das ist doch nicht so schlimm«, befindet Rosalie gönnerhaft. »Ich bin sicher, dass du das trotzdem könntest. Félix sagt, du hast bei einem berühmten Fotografen gelernt.«

»Ich habe bei Eugène Bayard an der École nationale supérieure des beaux-arts in Paris studiert«, stelle ich richtig. »Ich bin Künstlerin. Die Fotografie ist bloß mein bevorzugtes Medium.«

»Komm schon, Schwesterherz«, mischt sich mein Bruder ein. »Gib dich nicht so elitär. Auch Künstler müssen doch schließlich von irgendwas leben.«

Obwohl er sie nicht mitgesprochen hat, konnte ich die Anführungszeichen hören, mit denen er das Wort *Künstler* versehen hat.

»Félix hat Recht«, findet Papa. »Soviel ich weiß haben alle großen Künstler ihren Lebensunterhalt mit Auftragsarbeiten bestritten. Rubens, Rembrandt – die haben auch Porträts gemalt ...«

»Ich bin weder Rubens noch Rembrandt«, falle ich ihm barsch ins Wort. »Außerdem leben wir nicht mehr im 17. Jahrhundert. Man würde Cindy Sherman oder Shirin Neshat auch nicht bitten, Babyfotos zu machen.«

»Wer sind Cindy Sherman und Shirin Neshat?«, fragt Rosalie stirnrunzelnd.

»Ist nicht so wichtig«, murmele ich.

»Aber was spricht denn gegen Babyfotos, Liebling?«, säuselt Maman. »Du würdest deinem Bruder und

Rosalie eine große Freude machen und vielleicht würdest du sogar Gefallen daran finden.«

»Das wäre sicher lukrativer als das befremdliche Zeug, das du sonst machst«, meint Papa.

»*Das befremdliche Zeug*?«, wiederhole ich fassungslos.

»Du weißt, wie ich das meine, mein Schatz. Diese düsteren, sperrigen Kunstsachen eben. Ich bin sicher, hübsche Porträts und Babyfotos würden sich viel besser verkaufen. Und es würde auch viel besser zu einer hübschen jungen Frau wie dir passen. Jules würde es bestimmt auch begrüßen, wenn du ...«

»Hör auf, Papa!«, falle ich ihm ungehalten ins Wort. »Ich gehe jetzt mit dem Hund raus. Ich brauche dringend frische Luft!«

Als ich die Haustür hinter mir ins Schloss fallen lasse, ist mein erster Gedanke, in meine Kastenente zu steigen und nach Paris zurückzufahren, ohne mich zu verabschieden. Ohnehin wirkt die türkisfarbene Wellblechgarage zwischen Papas Jaguar-SUV, Mamans Porsche-Flitzer und Félix' Audi wie ein Fremdkörper und wie ein Sinnbild für meine Situation. Jules liegt mir schon ewig in den Ohren, die klapprige *Deuche* endlich zu verkaufen, aber ich hänge eben an ihr und sie ist das perfekte Fahrzeug, um in Paris Leinwände und großformatige Rahmungen von A nach B zu transportieren.

Paul Bocuse schubst meine Hand an und reißt mich damit aus meinen trüben Gedanken. Er ist ganz aus dem Häuschen wegen des Schnees, der in dicken flaumigen Flocken vom Himmel schwebt und als samtiger Teppich den Boden bedeckt. Obwohl die Winter in Bordeaux immer recht kalt werden, ist das für diese Gegend ein nicht ganz alltägliches Schauspiel. Wie ein kleines Kind beim Anblick des ersten Schnees reckt Paul Bocuse den großen Hundekopf in die Höhe, blinzelt und tänzelt aufgeregt an der Leine. Trotz meines momentanen Frusts überträgt sich seine kindliche Freude am Schnee auf mich und ich strecke die Hand aus, um ein paar Schneekristalle auf der Handfläche aufzufangen, die schmelzen, sobald sie meine erwärmte Haut berühren.

Es ist frostig kalt an diesem Dezemberabend und der böige Wind beißt in den Augen. Aber der fast volle Mond taucht die überzuckerte Stadt mit ihren weiß gepuderten Dächern und Straßen in ein märchenhaftes

Licht.

»Machen wir unsere übliche Runde?«, frage ich Paul Bocuse. »Ein Verdauungsspaziergang rund ums Schloss?«

Paul Bocuse stupst mich mit seiner feuchten Hundenase zustimmend an. Er fiept ungeduldig.

Ich schlage den Mantelkragen hoch und streife mir meine Handschuhe über. Die pudrige Schneedecke knistert bei jedem Schritt unter meinen Füßen. Wir spazieren die Avenue du Président François Mitterrand hinunter und passieren dann das rostige Tor zum Parc du Castel. Der kleine gepflegte Stadtpark mit dem namensgebenden Schlösschen im Zentrum ist mir seit klein auf vertraut und weckt Kindheitserinnerungen. An dem blauen Eiswagen am Parkplatz gab es das beste Himbeereis der Stadt. Héloise ging mit uns her zum Entenfüttern und Eisessen. Vor dem Schloss habe ich Fahrrad- und Rollschuhfahren gelernt und auf der Schaukel des idyllisch eingewachsenen Spielplatzes habe ich von Noah meinen ersten Kuss bekommen. Da waren wir neun und in der vierten Klasse. Weiter hinten im Park haben Félix und Jules heimlich ihre ersten Zigaretten geraucht und ich habe sie bei Maman angeschwärzt. Sie waren damals in der gleichen Klasse und beste Freunde. Etwas später habe ich mir für ein Kunstprojekt an der Schule Opas alte Leica-Kamera ausgeliehen und mit ihr den Park durchstreift. Damals habe ich meine Liebe zur Fotografie entdeckt. Die alte Leica wurde mein ständiger Begleiter. Im Schloss gibt es regelmäßig Ausstellungen und kleinere Kulturveranstaltungen und im Sommer findet im Park der beschauliche Sonntagsmarkt mit Ständen regionaler Erzeuger statt. Es ist seltsam, wie viele kleine und große Erinnerungen mit diesem unscheinbaren Park verknüpft sind. Wenn ich nach einer längeren Abwesenheit nach Hause komme, gehört ein Besuch im Parc du Castel daher immer zum Pflichtprogramm. Für mich ist es ein Ort zum Ruhefinden und Kraftschöpfen.

Schon als wir am Ententeich vorbeigehen, fällt mir die dunkle Silhouette einer Gestalt auf, die etwas entfernt auf einer der Parkbänke bei der alten Trauerweide liegt. Trinker und Obdachlose, die auf einer Parkbank ihr Nickerchen machen, sind hier in Floirac zwar kein so üblicher Anblick wie im Bois de Boulogne in Paris, aber auch keine Seltenheit. Ich packe Paul Bocuses Leine etwas fester und nehme den Weg zum Hügel hinauf. Von dem schmiedeeisernen Aussichtsturm auf der Anhöhe aus hat man bei Tag einen fantastischen Blick auf Floirac und das linke Garonne-Ufer von Bordeaux. Jetzt in einer mondhellen Winternacht kurz vor Weihnachten erstrahlt die schneebedeckte Stadt im festlichen Lichterglanz.

Ganz still liegt sie zu meinen Füßen, wie in dämpfende Watte gepackt. Weiche Schneeflocken landen auf meinen Wangen und Wimpern und meine Nasenspitze fühlt sich eisig an. Paul Bocuse sitzt neben mir und schiebt seinen großen warmen Hundekopf unter meinen Arm.

Ich tätschele seinen weichen faltigen Hals.

»Genießt du auch die Stille?«, frage ich.

Er schnauft zustimmend und folgt meinem in die Ferne gerichteten Blick.

Wir sollten zurückgehen. Aber statt mich auf Mamans mit Kardamom und Zimt gewürzten Vin Chaud am prasselnden Kaminfeuer zu freuen, graut es mir vor dem Nachhausekommen.

Ich war schon immer der artfremde Exot der Familie. Aber das war okay für mich. Ich habe dieses Anderssein nie als Makel oder Belastung empfunden. Ich kam eben nach Maman, habe mich mehr für die schönen Künste interessiert als für Börsenkurse und das Kaufmännische. Dem Nesthäkchen lässt man viele Launen und Extravaganzen durchgehen. Bis hin zum brotlosen Kunststudium in Paris. Ich fühlte mich von meiner Familie immer geliebt und unterstützt. Moralisch und finanziell. Aber seit Kurzem weht ein völlig neuer Wind.

So, als wären das Studium, die Praktika und Reisen, meine ganze künstlerische Arbeit bloß ein lustiger Zeitvertreib für höhere Töchter gewesen. Eine kurze Phase der Freiheit, Horizonterweiterung und Selbstverwirklichung, die unweigerlich enden muss und in ein völlig anderes Leben mündet. In ein ganz und gar konventionelles Leben mit all seinen korsettartigen Regeln und Zwängen. In ein Leben als Hobbyfotografin, Hausfrau und liebende Mutter an der Seite von Jules Laffargue, dem erfolgreichen Bankierssohn und Jugendfreund meines älteren Bruders. Mir wird übel.

Paul Bocuse sieht mit seinen treuen Hundeaugen zu mir auf, als hätte ich meine Gedanken laut ausgesprochen.

»Komm, mein Großer«, sage ich und kraule seine in tiefe Falten gelegte Stirn. »Gehen wir nach Hause.«

Als wir auf dem Rückweg erneut am Ententeich vorbeikommen, liegt die Gestalt immer noch auf der Parkbank. Inzwischen ist ihre dunkle Silhouette ebenso von feinem Pulverschnee bedeckt wie die beiden leeren Bänke links und rechts von ihr.

Ich beschließe, einen kleinen Umweg um den Teich herum zu machen, um besser sehen zu können. Schließlich bin ich in Begleitung eines wachsamen Bodyguards.

Als wir uns der Gestalt näheren, erkenne ich, dass es sich um einen jungen Mann handelt. Er trägt ausgebeulte Jeans und graue Chucks. Er hat sich die Kapuze seines anthrazitfarbenen Hoodies über den Kopf gezogen und schläft tief und fest auf seinem angewinkelten Arm. Er trägt nicht mal eine Jacke. An der Parkbank lehnt ein Gitarrenkoffer. Sonst scheint er nichts dabei zu haben. Vielleicht ist er ein Straßenmusiker ohne feste Bleibe. Mein Blick fällt auf die leere Wodka-Flasche, die umgestoßen vor der Bank liegt, als sei sie ihm aus der Hand geglitten. Deshalb schläft er so fest und spürt die Kälte nicht.

Obwohl ich Alkoholismus verabscheue, tut er mir leid. Er ist ein hübscher Kerl. Blonde Haarsträhnen fallen ihm wild in das gleichermaßen zarte wie scharfgeschnittene Gesicht mit den hohen Wangenknochen, den sinnlich geschwungenen Lippen und der feinen Andeutung eines Zweitagebarts. Es ist das Gesicht eines schlafenden Engels – friedlich und unwirklich schön.

Ohne richtig darüber nachzudenken, zücke ich

meine Leica M3, stelle sie scharf und schieße ein Foto. Ich hatte angenommen, dass das feine Klicken des Auslösers ihn wecken würde, doch weit gefehlt.

Unentschlossen stehe ich da. Der Schneefall wird minütlich stärker, die Sturmböen beißender. Wenn ich ihn seinen Rausch ausschlafen lasse, wird er die Nacht womöglich nicht überleben und hier draußen auf der Parkbank erfrieren. Nur wenige hundert Meter von meinem Elternhaus entfernt. Das kann ich unmöglich zulassen. Aber einen alkoholisierten Clochard zu wecken, ist auch eine riskante Sache. Er könnte ein Junkie sein und unter dem erheblichen Alkoholeinfluss aggressiv reagieren. Ich könnte den SAMU rufen. Aber wenn er inzwischen aufwacht und sich herausstellt, dass er tatsächlich bloß ein Nickerchen gemacht hat, wäre das ziemlich übertrieben.

Also fasse ich mir ein Herz und spreche ihn an.

»Hallo! Hören Sie mich? Es ist zu kalt, um hier draußen zu schlafen!«

Er rührt sich nicht.

Ich verstaue die Kamera und greife zum Smartphone, um den medizinischen Notfallhilfsdienst zu verständigen. Doch ehe ich die 112 wähle, stecke ich das Telefon wieder weg. Stattdessen greife ich beherzt nach seiner Schulter und rüttele ihn leicht. »Hey, aufwachen! Du wirst hier draußen erfrieren!«

Ich weiche einen Schritt zurück, als er mit flatternden Lidern die Augen aufschlägt. *Mon Dieu!* Was für himmelblaue Augen!

»*Let me sleep a little more, Sweetie*«, murmelt er undeutlich und dreht sich auf die andere Seite.

Ein Engländer oder Amerikaner?

»Nicht wieder einschlafen!«, insistiere ich. »*You'll freeze to death!*«

Mein resoluter Tonfall ruft Paul Bocuse auf den Plan. Zu schnell, um es noch verhindern zu können, legt er seine mächtigen Vorderpfoten auf die Parkbank und leckt dem Fremden quer durchs Gesicht.

»*What the fuck!*«, keucht der plötzlich hellwach mit schreckgeweiteten Augen und weicht wankend vor dem riesigen Hundekopf zurück. »Cerberus the Hellhound!«

»Paul Bocuse komm hier her!«, rufe ich.

Mein vierbeiniger Bodyguard gibt bestätigend Laut, dann lässt er augenblicklich von dem zu Tode Erschrockenen ab.

»Paul Bocuse?«, wiederholt mein Gegenüber kopfschüttelnd und lacht. Es ist ein warmes, ansteckendes Lachen. »Ein Höllenhund mit dem Namen eines Sternekochs?« Er reibt sich die Augen. »Ihr Franzosen seid echt schräg.«

Immerhin spricht er meine Sprache. Doch auch Paul Bocuse scheint ihn verstanden und seine Worte als Beleidigung aufgefasst zu habe, denn er kläfft verärgert.

»Er ist kein Höllenhund, sondern eine Bordeaux-Dogge«, stelle ich richtig. »Mein Großvater ist der Ansicht, dass alle Bordeaux-Doggen geborene Gourmets sind. Daher der Name.«

»Verstehe«, murmelt der Fremde noch immer grinsend und entblößt dabei zwei Reihen perfekte weiße

Zähne. Das ist eindeutig nicht das ruinierte Gebiss eines Junkies. Er reibt sich die Stirn und fährt sich mit der Hand durch sein strähniges blondes Haar. Dann gähnt er herzhaft.

»Du bist wirklich unheimlich süß, *Sweetie*, und unter anderen Umständen würde ich jetzt alles daransetzen, dich rumzukriegen«, erklärt er mit leicht hängender Zunge. »Aber im Augenblick dröhnt mein Schädel wie eine übersteuerte Anlage. Willst du ein Autogramm? Sonst lass mich einfach weiterpennen.«

Er macht erneut Anstalten, es sich auf der Bank bequem zu machen.

»Ich habe zwar keine Ahnung, wovon du sprichst, aber ich werde nicht zulassen, dass du heute Nacht bei diesen Minustemperaturen hier draußen erfrierst«, entgegne ich resolut. »Hast du eine Bleibe in der Stadt? Gibt es jemanden, der dich abholen kann?«

»Du kennst mich wirklich nicht, oder *Sweetheart*?«, antwortet er grinsend mit einer Gegenfrage und blinzelt, als würde das Mondlicht ihn blenden.

»Du bist betrunken. Ich wüsste nicht, woher wir uns kennen sollten. Also gibt es nun jemanden, den ich für dich anrufen soll?«

Er schüttelt den Kopf und macht im gleichen Moment ein schmerzverzerrtes Gesicht. »Eine total übersteuerte Anlage«, stöhnt er. »Ich ... ich bin abgehauen. Und jetzt muss ich unbedingt pennen.«

»Kommt überhaupt nicht in Frage. Ich will morgen nicht in der Zeitung lesen müssen, dass ein Clochard im Parc du Castel erfroren ist.«

»Ein Clochard?«, wiederholt er stirnrunzelnd. Offenbar kennt er das Wort nicht.

»Ist nicht so wichtig. Jedenfalls lasse ich dich nicht hier.«

Wieder ist da dieses einnehmende Lächeln, als er mich mit seinen himmelblauen Augen ansieht. »Du machst dir echt Sorgen um mich, oder *Sweetie*?«

»Bilde dir bloß nichts darauf ein«, entgegne ich spröde.

Er grinst amüsiert.

»Ich möchte mir wegen dieser Sache nur keine Vorwürfe machen müssen«, schiebe ich nach. »Also werde ich dich mit zu mir nehmen.«

»Wow. Ist das dein Ernst, *Sweetie*? Du würdest einen wildfremden Rumtreiber mit nach Hause nehmen, damit er nicht erfriert?«

»Ich würde nicht, ich werde. Außerdem könntest du mir deinen Namen nennen. Auf diese Weise wärest du kein wildfremder Rumtreiber mehr.«

»Einverstanden.« Endlich erhebt er sich. Obwohl er sich sichtlich Mühe gibt, nicht zu sehr zu wanken, strauchelt er beim Versuch, sich gerade hinzustellen. Er ist schlank und ungefähr einen Kopf größer als ich. Dann streckt er mir seine Hand entgegen. »Ethan.«

Ich muss grinsen. Es ist angesichts der Situation hier im nächtlichen Stadtpark eine irritierend förmliche, geradezu anachronistische Geste. Dennoch erwidere ich seinen Händedruck. Es fühlt sich unerwartet aufregend und intim an, als sich seine langen schlanken Finger um meine schließen. Und obwohl ich Handschuhe trage, spüre ich durch das weiche Kaschmir hindurch, wie kalt seine Hand ist.

»Schön, dich kennenzulernen, Ethan«, sage ich lächelnd. »Ich bin Coralie.«

»Coralie«, wiederholt er, während er meine Hand noch immer in seiner hält. Mein Name klingt schön aus seinem Mund. Sein englischer Akzent und das raue Timbre seiner Stimme geben ihm einen exotischen Klang.

»Ein bezaubernder Name für einen bezaubernden Schutzengel«, fügt er etwas lallend hinzu.

Paul Bocuse bellt.

»Ein Schutzengel mit seinem Höllenhund«, sagt Ethan und grinst schief, ehe er meine Hand loslässt, um Paul Bocuses Kopf zu tätscheln. »Du hast mir echt Angst eingejagt, Kumpel. Zuerst blicke ich in Coralies süßes Gesicht und dann tauchst plötzlich du vor mir auf. Ich dachte wirklich einen Moment lang, ich wäre in der Hölle gelandet.«

Ich kann sehen, dass er am ganzen Körper zittert, obwohl er es zu überspielen versucht.

»Wenn wir jetzt nicht gehen, holst du dir noch eine Lungenentzündung.«

Schon als er sich den Gitarrenkoffer über die Schulter schwingt, schwankt er besorgniserregend. Offenbar ist er immer noch mächtig blau.

»Du bist Musiker?«, frage ich.

Er nickt und seine Augen funkeln dabei. »Musik ist mein Leben.«

»Verstehe«, sage ich lächelnd. »Dann machst du das

professionell?«

Er grinst. »Ja, könnte man so sagen.«

»Wo spielst du?«

Er zuckt mit den Achseln. »Mal hier, mal dort.« Er lächelt entwaffnend. »Ich kann nichts anderes.«

»Dann bist du Straßenmusiker?«, erkundige ich mich.

Erst sieht es so aus, als wolle er etwas entgegnen. Doch dann macht er den Mund wieder zu und nickt. »Ja, sowas in der Art.«

Als wir das Eingangstor zum Park passieren, torkelt Ethan so stark, dass ich ihn am Arm festhalten muss. Er riecht nach Zigarettenqualm und Wodka. Aber auch nach einem angenehm krautigen Aftershave und nach Abenteuer.

Der eigentlich knapp zehnminütige Nachhauseweg dauert doppelt so lang, weil es ihm schwerfällt, geradeaus zu gehen. Es sind keine richtigen Schlangenlinien, aber für drei Schritte in die richtige Richtung, wankt er einen seitwärts oder zurück. Dabei peitscht uns der Wind die Schneekristalle wie prickelnde Geschosse ins Gesicht.

»Da wären wir«, sage ich erleichtert, als wir die Grundstücksgrenze erreichen.

»Wow«, murmelt er, als ich das schmiedeeiserne Tor öffne. »Hier wohnst du? Das ist ja ein Schloss!«

»Kein Schloss, bloß das Spielzeug eines Kaufmanns mit dem Drang nach Höherem«, entgegne ich etwas verlegen. »Und inzwischen das Haus meiner Eltern.«

»Du nimmst mich mit zu deinen Eltern?« Er grinst

breit.

»Ich bin selbst nur zu Besuch hier«, erkläre ich schnell und hoffe, dass ich dabei nicht rot werde. Es ist eine seltsame Situation.

»Mein Bruder und meine Schwägerin sind auch hier«, fahre ich fort. »Das ist immer so in der Weihnachtswoche. Da besteht Maman darauf, dass wir alle zusammenkommen. Ich muss dich vorwarnen: Meine Familie ist etwas exzentrisch.«

»Klingt ja beinahe, als würde da drin eine blutdürstige Vampir-Sippe warten«, entgegnet Ethan schmunzelnd.

Ich lache. »Nein, sie sind bloß ein bisschen *bourgeoise*. Aber im Grunde haben sie alle das Herz am rechten Fleck.«

»*Bourgeoise*«, wiederholt er gedehnt und grinst. »Das ist auch eines dieser Wörter, die man nur in Frankreich benutzt.«

»Stimmt«, gebe ich zu. »Und du? Woher kommst du eigentlich?«

»London«, murmelt er, ohne ganz bei der Sache zu sein.

»Wow«, sagt er erneut und deutet mit einem schwankenden Finger auf die Autos, an denen wir gerade vorbeigehen. »Eine 2CV Fourgonnette.«

»Ja, ganz genau«, bestätige ich verblüfft. »Baujahr 1963.«

»Sag bloß, die gehört dir? Das ist ja eine Schönheit.«

»Da stehen ein Porsche, ein Jaguar und ein fetter Audi direkt vor deiner Nase und du hast nur Augen für meine alte Kastenente?«, frage ich amüsiert.

»Diese fetten Luxuskarossen gibt es doch wie Sand am Meer«, entgegnet Ethan leichthin. Seine Zunge hängt immer noch. »Die sind doch langweilig und seelenlos. Die Fourgonnette dagegen, die hat Klasse.«

»Du klingst ja richtig verliebt«, lache ich.

»Ich hatte selbst mal eine. Aber das ist verdammt lange her.«

»Du hast sie verkauft?«, rate ich.

Er nickt. »Dummerweise. Sie war perfekt, um Bühnenzeug zu transportieren.«

Seine Zähne schlagen geräuschvoll aufeinander. Seine Lippen sind schon ganz blau und sein Hoodie ist triefnass vom feuchten Schnee.

»Jetzt aber Beeilung«, sage ich. »Nicht, dass du mir noch direkt vor der Haustür erfrierst.«

Ich atme tief durch und wappne mich für die bevorstehende Konfrontation, ehe ich auf die Klingel drücke.

Es ist Maman, die uns öffnet. Sie wirkt gelinde gesagt irritiert, als sie mich in Begleitung eines Fremden vor der Tür stehen sieht.

»Das ist Ethan«, sage ich schnell, ehe sie fragen kann. »Er ist ein Musiker aus London und braucht eine Bleibe für die Nacht.«

»Bonsoir, Madame. Ihre Tochter war so freundlich ...«, beginnt Ethan, sichtlich um eine klare Aussprache bemüht.

»Du hast gesagt, du gehst nur kurz mit dem Hund raus, Liebes«, wird er von Maman unterbrochen. »Und zurück kommst du mit einem Übernachtungsgast?«

»Ja, genau«, entgegne ich und greife nach Ethans Hand, um mit ihm und Paul Bocuse im Schlepptau an Maman vorbei durch die Haustür zu schlüpfen.

Sie tritt konsterniert zur Seite und rümpft dabei die Nase. Offenbar hat sie Ethans Fahne bereits gewittert. Mit hochgezogenen Augenbrauen mustert sie ihn von Kopf bis Fuß.

»Du lieber Himmel, Ihre Sachen sind ja völlig durchnässt«, stellt sie schockiert fest. »Und mit diesen Stoffschuhen waren Sie draußen im Schnee? Sie holen sich ja den Tod.«

Sie seufzt und schüttelt entsetzt den Kopf. »Coralie, ich schlage vor, du bringst deinen *Gast* drüben im Gärtnerhaus unter. Er muss aus diesen scheußlichen nassen Sachen raus und ein heißes Bad nehmen. Anschließend kann er rüberkommen. Dann macht Héloise ihm etwas zu essen. Und jetzt hopp, hopp. Ihr macht mir ja den ganzen Flur nass.«

»Deine Mutter gefällt mir«, sagt Ethan, als ich die Tür zum Gärtnerhaus aufschließe und er zitternd danebensteht.

»Ach ja? Ich finde nicht, dass sie gerade besonders nett war.«

»Ich weiß nicht, wie ich reagieren würde, wenn meine Tochter mitten in der Nacht einen Rumtreiber von der Parkbank aufsammeln und mit nach Hause in meine schicke Villa bringen würde.« Er schüttelt bedächtig den Kopf. »Ich finde, sie war ziemlich cool.«

»Wenn man es so betrachtet«, lache ich und taste nach dem Lichtschalter.

»Das ist das Gärtnerhaus?«, staunt Ethan und schaut sich um. »Nicht schlecht.«

»Nun, ein Gärtner hat hier wohl zuletzt um die letzte Jahrhundertwende gewohnt«, gebe ich zu. »Danach war es das Gästehaus. Später haben Félix und ich es in Beschlag genommen. Um Partys zu feiern oder einfach, um mal unsere Ruhe zu haben. Inzwischen ist es eher eine große Abstellkammer.«

Ethan betrachtet die angestaubten Gemälde, die in schweren barocken Rahmen hängen. Es handelt sich um belanglose Blumen-Stillleben und Seestücke regionaler Maler von mittelmäßiger Qualität.

»Erbstücke und anderes Zeug, von dem man sich, aus welchen Gründen auch immer, nicht trennen kann«, erkläre ich und gehe ihm voran durch den vollgerümpelten Flur die schmale knarzende Treppe hinauf, um auch dort das Licht einzuschalten. Ethan folgt mir, wobei er sich wie auf einem wankenden Schiff einmal an der Wand, einmal am Treppengeländer festhält.

»Da ist das Bad und dort drüben das Schlafzimmer«, sage ich über die Schulter und drehe die Heizung auf.

Die Räume hier oben sind klein und niedrig, aber auch urgemütlich wegen der bunten Stofftapeten und Dachschrägen. Ich gehe an Ethan vorbei ins Schlafzimmer, um die gesteppte Überdecke vom Bett zu nehmen und einen Stapel frische Handtücher aus der alten Kommode zu holen. Zum Glück scheint Héloise einfach immer mit Überraschungsgästen zu rechnen.

»Hier«, sage ich und drücke Ethan die Handtücher in den Arm. »Badezusatz, Aftershave und Zahnputzzeug stehen dort im Schränkchen. Die Armaturen der alten Badewanne sind etwas schwergängig und es dauert eine Weile, bis das Wasser warm wird. Außerdem kannst du den Heizlüfter anstellen. Er riecht bloß ein bisschen ...«

Ich halte erschrocken inne, als Ethan mich am Oberarm festhält, sodass ich beinahe mit ihm zusammenpralle.

»Danke, Coralie«, sagt er ernst und schaut mir dabei so tief in die Augen, dass ich kaum weiß, wie mir geschieht. Irritiert muss ich den Blick senken, um mich nicht in seinen azurblau schimmernden Iriden zu verlieren. Sie wirken so weit und tief wie der Ozean und ebenso unergründlich.

»Das ist doch selbstverständlich«, murmele ich verlegen.

»Nein, ist es nicht«, flüstert er.

Ich halte die Luft an, als er mir mit seinen rotgefrorenen Fingern zärtlich eine vorwitzige Haarsträhne aus dem Gesicht streicht. Es ist eine ganz behutsame, unschuldige Geste und doch sorgt seine sanfte Berührung dafür, dass sich mein Herzschlag augenblicklich beschleunigt und mir das Blut in den Ohren rauscht.

»Das ist es ganz und gar nicht, Coralie.«

»Du solltest jetzt wirklich ein Bad nehmen«, sage ich mit belegter Stimme. »Ich bringe dir noch ein paar Sachen von Félix rüber. Die sollten dir eigentlich passen.«

❄ ❄ ❄

»Ein alkoholisierter Penner?« Félix nippt angewidert an seinem Glühwein. »Ist das dein Ernst, Schwesterherz? Maman sagt, er steht vor Dreck und stinkt nach Hochprozentigem.«

»Er ist kein Penner. Er ist ein Gitarrist aus London«, verteidige ich Ethan.

»Bist du nicht allmählich ein bisschen zu alt für solche Provokationen?«, legt mein Bruder nach. »Ich meine, was willst du uns damit beweisen? Wie wahnsinnig unangepasst und unglaublich sozial du bist?«

»Ich kann es jedenfalls nicht mit meinem Gewissen vereinbaren, jemanden draußen im Schnee erfrieren zu lassen«, entgegne ich trotzig. »Auch wenn du damit vermutlich keine Probleme hättest, Félix.«

»Dein Bruder und ich spenden jedes Jahr zu Weihnachten für Terre des Hommes«, bescheidet mich

Rosalie.

»Na, das ändert natürlich alles«, erwidere ich polemisch.

»Du weißt doch, wir haben eine Philanthropin in unserer Mitte, mein Junge«, schaltet sich Papa schmunzelnd ein, der bislang ganz mit dem Stopfen seiner Pfeife beschäftigt zu sein schien. Es ist typisch für ihn, eine Diskussion wie diese nicht ernst zu nehmen.

»Und was, wenn dein Straßenmusikant ein Junkie ist?«, bohrt Félix weiter. »Ich sage nur *Beschaffungskriminalität*. Gelegenheit macht Diebe, Schwesterherz.«

»Du bist ein solcher Snob, Félix Lacroix!«, zische ich. »Wann genau bist du eigentlich zu diesem entsetzlichen Spießer geworden?«

»Schluss damit, Kinder! Es wird nicht gestritten«, geht Maman dazwischen. »Coralie hat diesen Jungen vor dem Erfrieren gerettet. Vertrauen wir also auf ihre Menschenkenntnis. Ich erwarte, dass er in diesem Haus behandelt wird wie jeder andere Gast auch.«

❄ ❄ ❄

Als ich zum Gärtnerhaus zurückkehre, habe ich Félix' alten grau-weißen Island-Pullover und eine ausgemusterte Jeans unter dem Arm. Beides soll Ethan als 'großzügige Spende' meines Bruders betrachten.

Durch das kleine Sprossenfenster im Badezimmer im Obergeschoss fällt heimeliges Licht. Drinnen im Haus rührt sich nichts.

»Ethan! Ich bringe dir etwas zum Anziehen!«, rufe

ich, als ich die Treppe hinaufgehe.

Keine Reaktion. Die Tür zum Schlafzimmer steht sperrangelweit offen, die zum Badezimmer ist bloß angelehnt.

»Ethan! Héloise wartet mit dem Essen. Wir sollten uns beeilen«, sage ich laut und klopfe an die Badezimmertür.

Als ich wieder keine Antwort erhalte, stecke ich den Kopf zur Tür herein.

Ethan liegt mit nassen Haaren und bis zur Nasenspitze mit knisterndem Schaum bedeckt in der kleinen Emaille-Wanne und schläft tief und fest.

»Aufwachen, Schlafmütze!«, sage ich und spritze ihm etwas warmes Wasser ins Gesicht.

Sofort schlägt er die Augen auf.

»Wow! Daran könnte ich mich gewöhnen«, lacht er.

»Woran?«

»Von einer so hübschen Frau geweckt zu werden«, entgegnet er mit einem breiten Grinsen.

»Ich habe dich schließlich nicht vor dem Erfrieren gerettet, damit du jetzt hier in der Badewanne ertrinkst«, sage ich und deponiere die Sachen auf dem Holzschemel neben der Wanne.

»Drüben wartet etwas zu essen auf dich. Also beeil dich«, füge ich hinzu und wende mich zum Gehen.

Hinter mir höre ich am lauten Wasserplätschern, dass er aufgestanden sein muss.

»Warte, Coralie!«, ruft er mich zurück, als ich gerade die Badezimmertür hinter mir schließen will.

Als ich mich umdrehe, hat sich Ethan eines der

Handtücher um die schmalen Hüften geschlungen. Abgesehen davon ist er splitternackt. Seine feuchte Haut schimmert im warmen Schein der alten Deckenlampe golden. Er ist deutlich muskulöser, als ich angesichts seiner schlanken, zartgliedrigen Gestalt angenommen hätte. Seine Brust wirkt athletisch trainiert, darunter zeichnet sich ein deutlich definierter Sixpack ab. Für einen abgebrannten Straßenmusiker ist er verblüffend gut in Form.

»Danke für alles«, sagt er schlicht.

»Schon gut«, murmele ich und ziehe die Tür hinter mir zu.

Ich habe gerade den unteren Treppenabsatz erreicht, als Ethan hinter mir die Treppe hinunter gestürmt kommt.

Er trägt Felix' Jeans, die ihm etwas zu weit sind, und zerrt sich im Laufen den Island-Pullover über den Kopf. Seine Füße stecken ohne Strümpfe in den feuchten Chucks. Der Mann, den ich vor einer knappen Stunde als halb erfrorene Schnapsleiche auf einer Parkbank eingesammelt habe, ist kaum wiederzuerkennen. Das schulterlange blonde Haar, das ihm eben noch strähnig nass um den Kopf hing, rahmt leicht verwuschelt und honiggolden sein hübsches Gesicht. Obwohl er die abgelegten Sachen meines Bruders trägt, sieht er verdammt gut aus.

»Nach dem, was du mir erzählt hast, habe ich ein bisschen Schiss davor, deine Family kennenzulernen«, sagt er und wirkt dabei tatsächlich auf jungenhafte Art verlegen. »Kann ich deinen Leuten so gegenübertreten?«

»Keine Sorge, du siehst gut aus«, sage ich lächelnd. »Sie werden dir vielleicht auf den ersten Blick etwas arrogant vorkommen, aber eigentlich sind sie alle ganz in Ordnung.«

❄ ❄ ❄

Natürlich werden wir bereits erwartet. Félix steht als Empfangskomitee an die Wand neben der Terrassentür gelehnt und pafft seine viel zu groß geratene Zigarre. Als wir uns nähern, legt er sie beiseite und kommt uns entgegen. Er hat sich seinen flaschengrünen Polo-Pullover wie im Werbeprospekt um die Schultern geschlungen und pustet sich in die Hände.

»Ganz schön kalt hier draußen«, ruft er. »Sie sind also Ethan, der Musiker. Ich bin Félix, Coralies älterer Bruder.« Er reicht Ethan jovial die Hand.

»Freut mich, Félix«, murmelt Ethan.

»Mein Pullover steht Ihnen, Ethan. Vielleicht hätte ich ihn behalten sollen, bei diesen Temperaturen.« Er lacht aufgesetzt. »Nein, das war natürlich nur ein Scherz. Ihnen steht er eindeutig besser. Da reden alle von der globalen Erwärmung. Sollen sie mal im Winter nach Bordeaux kommen, die ganzen Klimaaktivisten. Hier wird es jedes Jahr kälter, wenn Sie mich fragen.«

Ethan lächelt höflich. »Danke für die Sachen.«

»Dafür nicht, mein Freund. Der Pullover war ein Souvenir von einer Polarkreuzfahrt und wäre demnächst ohnehin in der Kleiderspende gelandet. Kommen Sie rein. Drinnen sind schon alle gespannt auf Sie.«

»Ach ja?« Ethan runzelt die Stirn.

»Es gibt seit einer Stunde kein anderes Gesprächsthema als Sie«, lacht Félix. »Sie haben uns gewissermaßen den Abend gerettet, mein Freund.«

Tatsächlich hat sich die ganze Familie im Kaminzimmer versammelt, als würden sie auf eine Theateraufführung warten.

Nur Maman springt auf, um überraschenderweise Ethans Hand zu ergreifen.

»Herzlich willkommen bei den Lacroix', Ethan!«, sagt sie mit ihrem huldreichen All-American-Smile auf den Lippen. Es ist das vor dem Spiegel eingeübte Lächeln, das sie immer aufsetzt, wenn sie von der Regionalpresse für eines ihrer zahlreichen Ehrenämter abgelichtet wird. Offenbar hat sie beschlossen, Ethan als eines ihrer Sozialprojekte zu betrachten.

»Das sind mein Gatte Bernard, meine Schwiegertochter Rosalie und Coralies Großvater, mein lieber Papa und der Patriarch der Familie«, zählt sie auf. »Meinen Sohn Félix haben Sie ja bereits kennengelernt.«

»Sehr erfreut«, sagt Ethan und nickt scheu. »Vielen Dank für Ihre Gastfreundschaft.«

»Setzen Sie sich und nehmen Sie einen Drink mit uns«, bietet Papa mit einer einladenden Handbewegung an, doch Ethan schüttelt den Kopf.

»Vielen Dank, Monsieur. Aber ich schätze, ich hatte schon mehr als genug.«

»Coralie sagt, Sie kommen aus London«, fährt Papa fort. »Was führt Sie kurz vor Weihnachten nach

Bordeaux?«

»Ich bin auf der Durchreise, Monsieur«, entgegnet Ethan unbestimmt.

»Coralie sagt, Sie sind Musiker. Sind Sie deshalb hier? Um Musik zu machen?«

»Was soll das werden, Papa?«, gehe ich dazwischen. »Ein Verhör?«

»Sie sprechen gut Französisch«, sagt Rosalie, indem sie tut, was sie am besten kann: Durch Plattitüden deeskalieren. »Wo haben Sie das gelernt?«

»Nach der Scheidung meiner Eltern habe ich zuerst bei meiner Mom und dann eine Weile bei meinem Dad in Calais gelebt«, antwortet Ethan bereitwillig. »Er hat dort noch einmal geheiratet.«

»Das tut mir leid«, murmelt Rosalie und streichelt ihren Babybauch. »Trennungen sind für Kinder immer traumatisch. Viele wirft es völlig aus der Bahn. Kein Wunder, dass Sie ...« Sie verstummt und wird rot im Gesicht.

»Dass ich ein Vagabundenleben führe?«, kommt ihr Ethan zu Hilfe.

Sie nickt dankbar.

»Ja, mag sein.«

In diesem Moment erscheint Héloises üppige Silhouette im Türrahmen.

»In der Küche wartet ein Filet Mignon mit Rosmarinkartoffeln auf Sie, Monsieur«, sagt sie zu Ethan und lächelt herzlich.

»Aber die Filetspitzen waren doch für Paul Bocuse reserviert«, moniert Opa.

»Also wirklich, Papa!«, zischt Maman. »Könntest du vielleicht einmal nicht an deinen verwöhnten Köter denken?«

Erleichtert, meiner Sippe zu entkommen, begleite ich Héloise und Ethan in die Küche. Die große Wohnküche ist ein Relikt aus der Zeit des Bauherrn. Obwohl das Anwesen nie ein echtes Schloss mit vielköpfigem Personal gewesen ist, für das es eine Gesindeküche gebraucht hätte, hat sich der Raum als Herzstück des Hauses erhalten. Die polierten Kupfertöpfe über dem Herd, die Paprika- und Knoblauchgirlanden an der rohen Natursteinwand und die offenen Geschirrregale atmen den Geist der Vergangenheit.

Ich trete an den Kühlschrank und schenke Ethan und mir zwei Gläser leuchtend roten Traubensaft ein. Wir haben zwar keinen eigenen Weinberg, sondern handeln nur mit den Weinen anderer. Aber jeder der in der Umgebung von Bordeaux Land besitzt, nennt zumindest ein paar Weinstöcke sein Eigen. Unsere versorgen uns mit fruchtig süßem Traubensaft, der einen in der kalten Jahreszeit von warmem Sommerregen und sonnengeküssten Wiesen träumen lässt.

Wir setzen uns an den rustikalen Küchentisch, an dem mir Héloise meine Schulbrote geschmiert und oft mitten in der Nacht eine heiße Milch mit Honig serviert hat, wenn ich vor einer Klausur nicht schlafen konnte.

Durch das niedrige Bogenfenster kann man beobachten, wie der Schnee fällt.

»Es tut mir leid«, sage ich zu Ethan. »Sie sind fürchterlich. Selbstgefällig, arrogant ...«

»Nein, sind sie nicht«, unterbricht er mich sanft. »Sie sind deine Familie, Coralie. Geh nicht so hart mit ihnen ins Gericht.«

Dann serviert Héloise das Filet Mignon mit Sauce Café de Paris. Die Rosmarinkartoffeln stellt sie in einer Schale dazu.

»Essen Sie ordentlich und lassen Sie es sich schmecken, Monsieur«, sagt sie augenzwinkernd. »Sie sehen so aus, als könnten Sie es gebrauchen.«

»Danke, Madame«, erwidert Ethan. »Das sieht umwerfend aus und es riecht fantastisch.«

Es ist kurz vor Mitternacht, als wir schweigend in der Küche sitzen und Ethan voller Heißhunger und Hingabe sein Steak vertilgt. Es gefällt mir, ihm dabei zuzusehen. Obwohl er mit exzellenten Tischmanieren isst, kann man ihm ansehen, wie groß sein Hunger ist. Seine Mimik, seine Körpersprache, einfach alles an ihm strahlt Appetit und Wohlbehagen aus.

»Das ist das Beste, das ich je gegessen habe«, erklärt er im Brustton der Überzeugung.

»Das kommt dir sicher nur so vor, weil du so großen Hunger hattest«, sage ich schmunzelnd und nehme einen Schluck Saft.

»Nein, das ist mein Ernst«, erklärt er mit einem seligen Lächeln auf den Lippen und kratzt den letzten Rest Soße zusammen. »Das war wirklich einmalig gut. An Ihnen ist eine Sterneköchin verlorengegangen, Madame Héloise.«

Héloise strahlt. »Danke für die Blumen, Monsieur.«

An mich gewandt fügt sie augenzwinkernd hinzu:

»Im Kühlschrank steht noch eine Portion Zwetschgen-Feigen-Kompott und im Froster ist Mandelparfait von gestern Abend, falls noch Bedarf besteht.«

Dann verabschiedet sie sich.

»Was für eine sympathische Person«, sagt Ethan, als Héloise verschwunden ist.

Ich nicke. »Héloise ist toll. Für Félix und mich war sie immer mehr eine Oma als eine Hausangestellte. Sie war immer für uns da. Und uneingeschränkt auf unserer Seite, ganz egal, was wir angestellt haben.«

»Das klingt schön«, sagt Ethan und es klingt beinahe wehmütig.

»Gab es in deiner Kindheit auch jemanden wie Héloise?«

»Wie Héloise? Nein. Meine Tante Sue war eine Seele von Mensch. Eigentlich war sie meine Großtante. Ich war gerne bei ihr. Aber sie starb an Lungenkrebs, als ich elf war.«

»Das tut mir leid«, sage ich leise. »Und deine Eltern?«

»Ehrlich gesagt, hatten die nicht besonders viel Zeit für mich. Außerdem lief ihre Ehe nicht so toll. Mein Vater war Studiomusiker und ein notorischer Schürzenjäger. Meine Mutter war Schulsekretärin und ging zusätzlich putzen. Ich war ein typisches Schlüsselkind im Londoner East End. Orte wie diesen hier kannte ich nur aus dem Fernsehen.« Er lächelt. »Aber jetzt genug über mich. Ich bin wirklich nicht besonders interessant. Und ich weiß noch gar nichts über dich.«

»Ach nein?«, frage ich lachend. »Du sitzt mit mir in der Küche meiner Kindheit und hast gerade auf einen

Schlag meine gesamte schrecklich nette Familie kennengelernt. Ich würde sagen, du weißt jetzt schon mehr über mich als die meisten anderen Leute.«

»Aber du erscheinst mir vollkommen anders als das alles hier. Fast so, als würdest du selbst nicht hierher gehören.«

»Na ja, ich lebe auch schon eine ganze Weile nicht mehr hier«, entgegne ich verlegen.

»Erzähl mir, was du machst, wenn du nicht gerade einen besoffenen Rumtreiber vor dem sicheren Kältetod bewahrst, Coralie.«

»Ich bin Künstlerin«, sage ich und bin selbst überrascht, wie leicht und selbstverständlich mir diese Worte über die Lippen kommen. Normalerweise hole ich viel weiter aus, erzähle, dass ich Kunst studiert habe, noch in der Findungsphase bin und versuche, von meinen fotografischen Arbeiten zu leben. Es klingt meistens wie eine Art Rechtfertigung, beinahe wie eine Verteidigungsrede. Bei Ethan scheint mir nichts davon nötig zu sein.

»Darauf hätte ich wetten können«, entgegnet er. »Ich war sicher, dass du etwas Kreatives machst.«

»Die meisten tippen auf Werbebranche oder Modeindustrie«, gebe ich zu.

Ethan schüttelt den Kopf. »Nein, das wäre zu kommerziell für dich. Du bist viel romantischer.«

Ich runzele die Stirn. »Wie kommst du denn darauf? Du kennst mich doch kaum.«

»Das sehe ich dir an, Coralie. Deine klugen, forschenden Augen verraten es mir. Nur wenige Frauen würden spätabends einen Fremden ansprechen, der auf einer Parkbank seinen Rausch ausschläft. Hattest du keine Angst, ein pöbelndes Arschloch zu wecken?«

Ich lache. »Na ja, ein bisschen bang war mir schon. Aber ich konnte dich doch nicht da liegenlassen. Außerdem sahst du nett aus.«

Er grinst. »Ich sah also *nett* aus?«

Ô mon Dieu! Wenn er so lächelt, sieht er nicht nur nett, sondern ehrlich gesagt verdammt sexy aus.

Ich nicke und spüre dabei, dass ich vermutlich erröte wie ein Backfisch.

»Du wirst ja rot«, neckt er mich. »Das gefällt mir.«

Zut! Das hier läuft in die völlig falsche Richtung. Ich bin bloß meinem sozialen Gewissen gefolgt und nun sitze ich hier und flirte mit einem vagabundierenden Straßenmusiker aus dem Londoner East End.

Ich stehe auf und trete an den Küchenschrank, um eine Tüte mit gehackten Mandeln herauszunehmen. Dann gehe ich zum Herd. Es ist eine reine Übersprunghandlung. Ich streue ein paar Mandeln in eine kleine Pfanne und gebe Zucker und etwas Zimt darüber, um die Mandeln darin zu karamellisieren.

»Mhm, das riecht bombastisch. Wie Weihnachten«, sagt Ethan. Er ist ebenfalls aufgestanden und so dicht hinter mich getreten, dass ich seinen warmen Atem im Nacken spüren kann, und das sonore Timbre seiner Stimme kitzelt in meinen Ohren. Warum bloß reagiere ich so intensiv auf diesen Kerl?

»Was wird das?«, fragt er neugierig.

»Wart's ab«, entgegne ich und löse den zähflüssigen

Zucker mit einem Holzlöffel vom Pfannenboden. »Setz dich an den Tisch und lass dich überraschen. Ich bin sicher, du wirst es mögen.«

Als der Mandelkrokant fertig ist, ziehe ich die Pfanne vom Herd und hole das Parfait aus dem Froster. Ich schneide eine Scheibe ab, schiebe sie auf einen Dessertteller und streue den Mandelkrokant darüber.

Dann stelle ich Ethan den Teller hin. »Mandelparfait mit karamellisierten Mandeln. Das Lieblingsdessert meiner Kindheit. *Bon appétit*!«

»Wow! Das sieht toll aus«, erwidert er und nimmt den ersten Löffel.

Fasziniert beobachte ich, wie er versonnen die Augen schließt, als er das zartschmelzende Parfait im Mund zergehen lässt.

»Das schmeckt hammermäßig«, murmelt er verträumt. »Diese kleinen Karamellstücke sind das absolute Highlight.«

Ich lächele. »Sage ich doch.«

»Warum isst du nichts, Coralie?«, fragt Ethan und sieht mich forschend an.

»Wir hatten schon Nachtisch, bevor ich dich vorhin im Park aufgesammelt habe.«

»Aber nicht diesen«, entgegnet Ethan mit seiner hypnotischen Stimme. »Nicht das Lieblingsdessert deiner Kindheit.«

Ich halte die Luft an, als er mich mit seinen himmelblauen Augen fixiert und einen Löffel Parfait absticht, um ihn an meine Lippen zu führen.

»Mund auf!«

Ich denke noch, dass ich mich unmöglich von diesem Fremden füttern lassen kann, doch da habe ich den Mund schon bereitwillig geöffnet.

Ich lasse das Parfait auf meiner Zunge zergehen und lecke mir die Eiscreme von den Lippen.

»Und?«, fragt Ethan mit diesem rauen Timbre in der Stimme, wobei sein Blick sinnlich verklärt auf meinen leicht geöffneten Lippen ruht.

»Köstlich«, flüstere ich und lasse zu, dass er mich noch mit einem weiteren Löffel Parfait füttert.

Diesmal landet ein schmelzender Tropfen Eis auf meiner Unterlippe und rinnt an meinem Kinn hinunter. Noch ehe ich reagieren kann, ist da Ethans Daumenkuppe, um ihn aufzufangen. Sanft wie ein Windhauch streicht sie an meinem Kinn hinauf und folgt der geschwungenen Linie meiner Unterlippe, um die süße Eiscreme darauf zu verteilen.

Ich wage kaum zu atmen, als sich sein Gesicht meinem nähert. Er riecht nicht mehr nach Schnaps und Tabakrauch, sondern nach einer verheißungsvollen Mischung aus Mandelparfait und Rosmarin-Schaumbad. Wieder gerate ich in den Sog seiner azurblau schillernden Augen, in denen ein ganzer Ozean zu wogen scheint, lasse mich von ihnen hypnotisieren und davontragen. Wie in Trance lasse ich zu, dass sich seine sinnlichen Lippen auf meine senken. Sie sind samtig weich und schmecken verführerisch süß.

Juste ciel! Mitten im Dezember schmeckt Ethans Kuss wie eine warme Sommerbrise. Ich will unbedingt mehr davon. Erst als sich seine Hand in meinen Nacken schiebt und seine kundige Zungenspitze zwischen meine Lippen drängt, wird mir klar, was ich hier tue und wohin es unweigerlich führen wird, wenn ich nicht schleunigst die Notbremse ziehe.

»Nicht«, keuche ich mit verräterisch kehliger Stimme und entwinde mich ihm.

Ethan lässt augenblicklich von mir ab.

»Warum nicht, Coralie?«, fragt er mit mindestens ebenso rauer Stimme und fixiert mich mit seinen herrlich funkelnden Augen.

»Ich habe ... ich bin liiert«, stammele ich.

Ethan fährt sich mit der Hand durch sein blondes Wuschelhaar. »Und?«

»Ich kann das nicht. Jules ...« Ich schlucke. »Er hat vor, an Weihnachten um meine Hand anzuhalten.«

Ethan fährt sich mit beiden Händen durchs Gesicht.

»Verstehe«, murmelt er.

»Es ist schon spät«, sage ich steif und räuspere mich. »Das war ein langer Tag. Wir sollten jetzt zu Bett gehen.«

❄ ❄ ❄

Bon sang! Was habe ich mir nur dabei gedacht? Ich bin beinahe verlobt. Mit dem Schwarm meiner Kindheit und Jugend. Mit dem gutaussehenden besten Freund meines großen Bruders. Mit dem Jungen, den ich schon als Dreizehnjährige heiraten wollte und den meine Eltern seit Jahren als den idealen Schwiegersohn erachten. Alles sollte perfekt sein. Ich sollte Jules Ankunft und den Feiertagen entgegenfiebern. Eine rauschende Verlobungsfeier planen und mir meine Traumhochzeit ausmalen, mich am Ziel meiner Träume wähnen. Aber was tue ich stattdessen? Ich küsse den nächstbesten Fremden. Und nicht einmal irgendeinen Fremden, sondern einen abgebrannten Musiker, einen vagabundierenden Clochard. Jemanden, der sein Leben noch weitaus weniger im Griff hat als ich selbst. Warum habe ich nicht einfach den SAMU gerufen oder ihm ein Taxi bestellt? Es gibt eine Reihe günstiger Pensionen, mehrere Obdachlosenunterkünfte und Kälteschutzräume in Bordeaux. Warum musste ich ihn unbedingt mit nach Hause nehmen? Ich bin so wütend auf mich selbst, so verwirrt und aufgewühlt, dass ich mich in meinem Bett hin und her wälze und an die Zimmerdecke starre wie seit Jugendtagen nicht mehr. Das Blut rauscht mir in den Ohren, mein Herz rast und flattert in meiner Brust. Ich bin völlig durch den Wind. Ich fühle mich schuldig und verliebt. *Merde!* Die Erkenntnis trifft mich wie ein Schlag. Wie kann ich für diesen fremden Jungen aus London empfinden, wie ich für Jules seit meinem dreizehnten Lebensjahr nicht mehr empfunden habe? Wo kommen plötzlich diese Schwärme von Schmetterlingen her, die längst ausgeflogen zu sein schienen? Ich weiß fast nichts über Ethan. Jules kenne ich schon mein Leben lang. Und doch aktiviert Ethans bloße Gegenwart bei mir Gefühle von einer Intensität, wie ich sie abseits meiner Kunst noch nie erlebt habe. Verwirrende, heftige, überwältigende Gefühle. Das sanfte Vibrato seiner Stimme kitzelt in meinen Ohren, wie es Jules Stimme noch nie getan hat, der forschende Blick seiner himmelblauen Augen scheint tiefer zu dringen, als der jedes anderen. Die kleinste Geste seinerseits setzt bei mir ein Feuerwerk der Empfindungen in Gang. *Mon Dieu!* Sein warmer Atem in meinem Nacken, die Berührung seiner Fingerkuppe, der Geschmack seiner sinnlichen Lippen!

Bon sang! Ich verhalte mich wie ein liebeskranker Teenager! Dabei stehe ich kurz davor, in eine der ältesten und wohlhabendsten Familien von Bordeaux einzuheiraten. Jules ist seit ich denken kann Teil meines Lebens, seit beinahe drei Jahren sind wir ein Paar. Das kann und darf ich nicht leichtfertig aufs Spiel setzen. Nicht für eine pubertäre Schwärmerei und erst recht nicht für eine flüchtige Affäre mit einem Mann, der heute hier und morgen dort seine Zelte aufschlägt, in der Fußgängerzone Gitarre spielt und auf Parkbänken nächtigt. Wer weiß, ob er morgen zum Frühstück noch hier sein wird. Wer weiß, ob ich ihn jemals wiedersehen werde.

20. Dezember

Hinter mir liegt eine unruhige, überwiegend schlaflose Nacht. Die Konsequenz sind leichte Kopfschmerzen, ein verspannter Nacken und brennende Augen, kurz die Symptome eines Katers nach einer durchzechten Partynacht. Nur ohne den Alkohol und die Party. Und dennoch ergreift mich beim Aufstehen ein unspezifisches Hochgefühl. Es ist die Mischung aus fiebriger Vorfreude und gespannter Erwartung, die ich zuletzt in meiner Kindheit am Weihnachtsmorgen verspürt habe. Wenn unten im Salon der große geschmückte Christbaum auf uns wartete und darunter die bunten Weihnachtspäckchen für Félix und mich bereitlagen. Ich frage mich, ob Ethan noch da sein wird, und ich kann es kaum erwarten, sein hübsches Lächeln zu sehen.

Ich beeile mich im Bad, obwohl ich es normalerweise genieße, ausgiebig herumzutrödeln. Heute habe ich es eilig. Beim Blick in den Spiegel schaut mir eine übernächtigte Vogelscheuche entgegen. Das Grün meiner Augen wirkt blass, ich habe Augenringe und meine karamellfarbenen Haare sehen aus, als hätte ich in die nächstbeste Steckdose gefasst. Also betreibe ich Schadensbegrenzung und zähme die Widerspenstigen in einem lockeren Haarknoten. Dann schlüpfe ich in mein bordeauxrotes Strickkleid mit dem hübschen

Zopfmuster, das ich eigentlich für die Feiertage eingepackt habe, und sprühe mir quasi im Vorbeigehen etwas *Poets of Berlin* ins Haar. Dann eile ich durch den Flur und die Treppe hinunter wie seit vielen Jahren nicht mehr.

Unten ist Maman dabei, den Frühstückstisch zu decken, während Héloise schon in der Küche wirbelt. Es duftet bereits nach frisch gebrühtem Kaffee und nach Héloises unvergleichlichen Cannelés.

»Guten Morgen, mein Herz«, begrüßt mich Maman mit zwei weichen Wangenküssen. »Du bist ja schon früh auf heute.«

Ich lächele verlegen.

»Dann kannst du auch gleich unseren Gast wecken und zum Frühstück rufen. Aber in den Schuhen solltest du nicht rübergehen.«

Sie deutet auf meine Leder-Ballerinas, die ich im Winter als Hausschuhe trage.

»Warum nicht?«, frage ich stirnrunzelnd.

»Hast du schon mal aus dem Fenster geschaut, Coralie? Wir haben nicht nur einen Wintereinbruch historischen Ausmaßes, es muss heute Nacht auch noch geregnet haben. Wo kein Schnee liegt, ist der Boden völlig vereist. Die Gehwege sind spiegelglatt. Die arme Héloise konnte sich vorhin vor der Haustür kaum halten, als sie mit Paul Bocuse draußen war. Im Radio überschlagen sich die Unfallmeldungen und Wetterwarnungen. Offenbar stehen uns ein paar turbulente Tage bevor. Und jetzt beeile dich. Dein Bruder und Rosalie werden auch gleich runterkommen.«

Maman hat Recht. Ein Blick aus dem Fenster offenbart mir, dass sich Floirac über Nacht in ein Winterwunderland verwandelt hat. Die Bäume und Sträucher im Garten beugen sich unter der ungewohnten Schneelast. Mamans geliebte Glyzinien und Kletterrosen sind pittoresk überzuckert. Sogar die Palmen tragen weiße Mützen. Der Rasen und die Natursteinplatten des Gartenwegs sind unter einer dichten Schneeschicht verschwunden, Gartenmöbel und Deko-Objekte wirken wie mit flaumigen Laken zugedeckt und das Gärtnerhaus duckt sich unter seinem schneebedeckten Dach wie ein alpines Chalet. Und es schneit immer noch federleichte, sanft wogende Flocken.

Also tausche ich meine Ballerinas gegen wintertauglichere Booties und mache mich auf den Weg. Vermutlich wären gefütterte Moonboots die noch klügere Wahl, denn wo immer ich hintrete, sinke ich bis zu den Waden in die nachgiebige weiße Pracht. Schon nach wenigen Schritten sind Schuhe und Strümpfe von nasskaltem Schnee durchweicht. Wie der sprichwörtliche Storch im Salat stakse ich durch den Tiefschnee und hoffe inständig, dass mir niemand vom Fenster aus zusieht.

Als ich das Gärtnerhaus erreiche, prickeln meine Füße bereits vor Kälte. Unter dem vorgezogenen weinberankten Dach klopfe ich mir notdürftig den Schnee von den Beinen, ehe ich kurz anklopfe und eintrete.

»Guten Morgen!«, rufe ich die Treppe hinauf. »Aufstehen! Es gibt Frühstück!«

»Guten Morgen, Coralie.«

Mein Herz bleibt beinahe stehen, als ich Ethans schöne raue Stimme dicht hinter mir höre. Ich wirbele herum und pralle um ein Haar mit ihm zusammen. Er trägt wieder seinen Hoodie und seine alten Jeans. Und er sieht umwerfend aus. Im hellen Morgenlicht spielen flachsblonde und honiggoldene Reflexe in seinem schulterlangen Haar, als er mich auf diese völlig ungezwungene, unvergleichlich jungenhafte Weise anlächelt. Hinter ihm steht die Tür zu meinem Zimmer weit offen. Es ist natürlich nicht mein richtiges Zimmer, aber ich betrachte es als solches. Ich war sechzehn oder siebzehn, als ich mir das hübsche Erkerzimmer mit dem gusseisernen Ofen als mein kleines Künstlernest eingerichtet habe. Ein bohèmehaftes Refugium mit einer alten Récamiere vom Sperrmüll, einem schmalen Eisenbett, viel Plüsch, einer Tiffany-Leuchte auf dem Nachttisch und einem antiken Messing-Kronleuchter. Die Regale sind vollgestopft mit wunderbaren alten Büchern und Nippes vom Trödelmarkt. An den Wänden hängen Rötelskizzen vom Pfandleiher, auch erotische. Das fand ich damals wahnsinnig romantisch und auch ein bisschen boudoirhaft verrucht. Später landete in diesem Zimmer vieles, was sonst nirgends einen Platz gefunden hat.

»Was hast du da drin gemacht?«, frage ich misstrauisch und gehe an Ethan vorbei, um die Tür zuzuziehen.

»Entschuldige. Ich wusste nicht, dass der Raum tabu ist«, entgegnet er schnell.

»Ist er nicht. Ich wüsste trotzdem gern, was du da drin zu suchen hattest.«

»Ehrlich gesagt, war ich nur auf der Suche nach irgendetwas zu lesen.«

»Und hast du etwas gefunden?«, frage ich, wobei mir

das Heft auffällt, das er etwas verdeckt in der linken Hand hält.

Er nickt. »Dich.«

Ich runzele die Stirn. »Wie meinst du das?«

»Das ist dein Zimmer, oder?«, antwortet er mit einer Gegenfrage. »Du hast es eingerichtet. Das sind deine Sachen, deine Bücher, oder?«

»Woher weißt du das?«, erkundige ich mich verblüfft.

»Die Autoren, die Kunstbücher, die Bilder an den Wänden. Das bist einfach du, Coralie.«

»Ach ja?«, frage ich mit einem verlegenen Lächeln. »Das ist alles alter Plunder. Damals ...«

»Das hier ist kein alter Plunder«, unterbricht mich Ethan sanft und hält mir das Heft entgegen. Erst jetzt erkenne ich in dem schlichten schwarzen Pappband den Katalog meiner allerersten Gemeinschaftsausstellung mit einigen Kommilitonen von der Uni.

»Stimmt«, bestätige ich. »Du hast ihn dir angesehen?«

Ethan nickt. »Deine Arbeiten gefallen mir wahnsinnig gut.«

»Tatsächlich?«

Er lacht. »Runzele nicht so skeptisch die Stirn, Coralie. Ich würde das nicht sagen, wenn ich es nicht ernst meinen würde. Diese Titanic-Aufnahme mit dem alten Paar mit den ausgebreiteten Armen auf dem Schiffsbug ist wundervoll, richtig ergreifend. Genauso wie die alte Dame mit ihrer Perlenkette vor dem Schaufenster von Tiffany's. Ihr faltiger Hals im Kontrast zu diesem üppigen Schmuck und dem schwarzen Cocktailkleid – das ist ganz großes Kino. Und die Fotoshooting-Szene aus *Blow Up* mit den beiden Senioren ist auch grandios. Auch alte Menschen können sexy sein.«

»Wow«, staune ich. »Du hast sie dir wirklich angesehen. Und du kennst die ganzen Filme?«

»Sicher kenne ich die Filme. Ich liebe Filme, besonders die Klassiker.« Er grinst schief. »Ich habe nicht mein ganzes Leben auf Parkbänken zugebracht, Coralie.«

»Nein, das hast du sicher nicht.«

»Ich lebe für die Musik. Aber ich mag auch Filme und Kunst. Also erzähl mir etwas über diese Fotos. Ich möchte mehr darüber erfahren.«

»Aber drüben warten sie mit dem Frühstück auf uns«, wende ich ein.

»Nur ganz kurz. Bitte.« Wieder fixiert er mich auf diese intensive Weise mit seinen himmelblauen Augen.

Ich lächele. »Na schön. Diese Bilder stammen alle aus einer frühen Fotoserie, bei der ich ikonische Filmstills und Plakatfotos mit betagten Menschen nachgestellt habe. Viele von ihnen waren Bewohner aus einem Seniorenheim in Paris. Sie hatten viel Spaß bei den Shootings. Es ging darum, dass alte Menschen im Film und generell in der Populärkultur kaum vorkommen. Die Hauptfiguren auf der Leinwand sind stets jung und schön und sie bleiben es bis in alle Ewigkeit.«

Ethan nickt nachdenklich. »Das ist wirklich eine tolle Arbeit. Vor allem, weil die alten Herrschaften so authentisch sind. Sie wirken so unverkrampft und echt vor deiner Kamera. Du bist eine begnadete Fotografin, Coralie.«

»*Merci*«, flüstere ich.

»Die Museumsserie fand ich übrigens auch spitze«, fährt Ethan fort. »Diese Gruppe von Punks im Louvre oder die beiden Prostituierten vor dem Giacometti – sind die gestellt?«

»Nun, ich würde sagen, sie sind halbdokumentarisch, wie die meisten meiner Fotos. Die Leute sind echt, aber die Situationen bewusst herbeigeführt. Für diese Serie habe ich Eintrittskarten an Menschen verschenkt, die normalerweise nicht unbedingt ins Museum gehen. Die Punks habe ich in der Métro angesprochen, die beiden jungen Frauen im Bois de Boulogne. Sie fanden das Projekt gut. Ein alter Herr, der zu diesem Zeitpunkt schon seit mehreren Jahren auf der Straße lebte, konnte sich nicht sattsehen an den Kunstschätzen. Wir sind den halben Tag lang durch die Ausstellung gelaufen, bis er vor Erschöpfung auf einer Sitzbank vor dem *Floß der Medusa* eingeschlafen ist. Es stellte sich heraus, dass er Lehrer gewesen war, bevor ihn der Alkohol und eine Scheidung aus der Bahn geworfen haben.«

»Von ihm ist kein Bild im Katalog«, stellt Ethan fest.

Ich schüttele den Kopf. »Es gibt wundervolle Aufnahmen von ihm. Aber für die Ausstellung erschienen sie mir zu intim ...«

Ethans Blick lässt mich mitten im Satz verstummen. Wieder kommt es mir so vor, als würde ich auf unerklärliche Weise in die azurblaue Tiefe seiner Iriden gezogen wie in den Sog des Bermudadreiecks.

»Ich finde *dich* wundervoll, Coralie«, murmelt er mit den Lippen ganz dicht an meinen.

Mein Kopf weiß, dass ich mich bloß ein wenig wegzudrehen bräuchte, nur wenige Zentimeter, um mich ihm zu verweigern. Aber mein Herz und mein Bauch haben längst anders entschieden. Ich sehne mich nach Ethans Kuss, wie ich mich in meinem Leben kaum je nach etwas gesehnt habe. Alle Fasern meines Körpers fiebern ihm entgegen. Die ganze Nacht konnte ich an nichts anderes denken, als an das Gefühl seiner Lippen auf meinen. Und diesmal will ich seinen Kuss auskosten, mich mit allen Sinnen darauf einlassen und daran laben. Und ich will ihn mir in allen Einzelheiten einprägen, ihn bewahren wie ein kostbares Andenken. Ich will seine samtigen Lippen schmecken und mich auf alle Zeit an ihren Geschmack erinnern. Ich muss mir diesen Kuss gestatten, um meines Seelenfriedens willen. Weil ich sonst mein Leben lang darüber sinnieren würde, wie er wohl geschmeckt hätte, dieser eine verbotene Kuss.

Ich zittere vor Erregung, als Ethan mein Gesicht ganz sanft mit beiden Händen umfasst, als handele es sich um ein zerbrechliches Objekt aus kostbarem Porzellan, das unter dem Druck seiner Berührung zerbersten könnte.

Im nächsten Augenblick liegen seine Lippen auf meinen und sie entfachen ein Feuerwerk von nie gekannter Intensität, das meinen ganzen Körper in Aufruhr versetzt. Sie schmecken so gut, diese sinnlichen Lippen, die zugleich so seidenweich, so zärtlich und doch so unnachgiebig sind. Sie kosen und versengen meine, fordern ungeduldig Einlass für seine kundige Zunge, die mich umschmeichelt, neckt und unterwirft. Ich hatte nicht erwartet, je im Leben so geküsst zu werden. Ich wusste nicht einmal, dass es überhaupt wirklich Küsse dieser Art gibt. Küsse wie aus Romanen und aus Märchen. Magische Küsse, die machen, dass sich die Welt schneller dreht und die Zeit stehenbleibt. Ethans Kuss gleicht einer Naturgewalt, die über mich hinweg und durch mich hindurch brandet, alles in Besitz nimmt und mich mit sich fortreißt. Würde er mich nicht halten, würde ich das Gleichgewicht verlieren.

Ausgerechnet in diesem Moment klingelt mein Handy. *La vie en rose* – das ist Mamans Klingelton.

Merde! Ein Teil von mir zieht es in Erwägung, die Störung einfach zu ignorieren. Alles und jeden zu ignorieren, die ganze Welt, wenn es sein muss, nur um noch einen Augenblick lang weiterträumen zu können. Doch dazu bin ich schon zu wach. Mamans Anruf hat mich geweckt, mich förmlich wachgerüttelt und vor einer unverzeihlichen Dummheit bewahrt, auch wenn ich sie dafür ohrfeigen könnte.

»Das Frühstück«, stammele ich mit den Lippen an Ethans. »Sie warten auf uns. Sie werden sicher misstrauisch.«

Er nickt, während er mein Gesicht noch immer in seinen Händen hält. Dann malt er mit seiner Daumenkuppe ganz behutsam meine wundgeküsste Unterlippe nach.

»Du hast Recht«, flüstert er. »Wir sollten deine Familie nicht warten lassen, Coralie.«

Er setzt einen weichen Kuss auf meine Stirn, ehe wir

widerstrebend voneinander ablassen. Ich wische den Anruf weg, dann machen wir uns auf den Weg.

»Wow!«, sagt Ethan und blickt sich staunend um. »Ist das normal für diese Gegend in dieser Jahreszeit?«

Ich schüttele den Kopf. »Nein. Eher ein Wintereinbruch von geschichtsträchtiger Dimension ...«

Ich habe den Satz noch nicht beendet, als ich auch schon ausgleite. Ich muss einen der Trittsteine erwischt haben. Unter der Schneedecke ist der Boden spiegelglatt gefroren. Ich gerate ins Schlittern, drehe eine halbe Pirouette und sehe mich schon mit der Nase voran ungebremst und wenig formschön im Schnee landen, als ich plötzlich Halt spüre. Ich pralle gegen Ethans verblüffend muskulöse Brust.

Als ich verdattert zu ihm aufsehe, grinst er. *Mon Dieu!* Dieses spitzbübische Sonnyboy-Lächeln!

»*Merci*«, flüstere ich.

»Gern geschehen, Prinzessin. Ein Wunder, dass du mit diesen Schuhen nicht schon längst auf der Nase gelegen hast. Absätze sind bei solchem Wetter keine gute Idee.«

Verwirrt lasse ich zu, dass Ethan nach meiner Hand greift und seine Finger fest mit meinen verwebt, ehe wir Seite an Seite weitergehen.

Es ist eine ganz natürliche Geste, kein symbolisches Händchenhalten wie mit Jules, wenn er mich ins Restaurant oder Theater ausführt. Und doch ist sie viel mehr als das. Zupackend und beherzt. Ethan wird mich halten und wenn ich ins Straucheln gerate, wird er mich auffangen. Ganz sicher und ohne jeden Zweifel.

Als wir die Villa erreichen, steht Héloise am Küchenfenster und beobachtet uns. Schnell löse ich meine Hand aus Ethans Griff, aber gewiss hat sie es schon längst gesehen. Héloise würde natürlich niemals etwas sagen. Seit Kindertagen ist sie meine engste Vertraute, meine Komplizin und Spießgesellin. Und dennoch meldet sich augenblicklich mein schlechtes Gewissen. Ich spiele mit dem Feuer und wenn ich so weitermache, werde ich mir die Finger verbrennen – heftig und schmerzhaft.

»Kommt schnell rein und zieht die Schuhe aus«, nimmt uns Héloise in Empfang. »Mit so nassen Haaren und Füßen holt ihr euch ja noch den Tod.«

Sie reicht uns zwei Handtücher und stellt meine durchnässten Wildleder-Booties und Ethans ramponierte Chucks vor die Heizung, wo bereits vorgewärmte Hausschuhe auf uns warten.

»Merci, Madame«, sagt Ethan lächelnd und schlüpft in die grauen Filzpantoffeln. »Ehrlich gesagt habe ich seit meinem zehnten Lebensjahr keine Hausschuhe mehr getragen. Und noch niemals vorgewärmte.«

»Das ist nicht gesund, junger Mann«, rügt ihn Héloise. »Mit kalten Füßen ist nicht zu spaßen. Und jetzt beeilt euch. Die ganze Familie sitzt schon bei Tisch und die Cannelés sind auch gleich fertig.«

Tatsächlich haben sich schon alle um den großen, opulent gedeckten Frühstückstisch im Esszimmer versammelt und verstummen augenblicklich, als wir den Raum betreten. Alle Augen sind auf uns gerichtet.

»Einen wunderschönen guten Morgen allerseits«, sage ich beschwingt und versuche, die peinliche Situation einfach wegzulächeln.

»Da seid ihr ja endlich«, zischt Maman, als ich mich auf den freien Platz neben ihr setze. »Ich habe sogar schon versucht, dich anzurufen.«

Ethan bekommt den Platz neben Félix, mir gegenüber.

»Wir dachten schon, ihr wäret in einer Schneewehe steckengeblieben«, schiebt Félix grinsend nach. »Oder in wärmere Gefilde durchgebrannt.«

»Ich bin schuld an der Verspätung«, behauptet Ethan. »Mir ist ein Ausstellungskatalog in die Hände gefallen und ich habe die Künstlerin mit Fragen dazu bombardiert.«

»Da haben Sie sicher einen gewaltigen Stein im Brett bei meiner Schwester, mein Freund. Ist schließlich nicht jedermanns Sache, diese ganze moderne Kunst. Mir persönlich fallen dazu meistens nicht einmal Fragen ein.« Félix lacht auf diese scheußlich selbstgefällige Weise.

»Was Félix damit sagen will, ist, dass es nicht so einfach ist, Fotos als Kunst anzusehen«, springt ihm meine liebe Schwägerin zur Seite. »Bei einem Gemälde in einem Museum weiß man sofort: Das ist Kunst. Aber Fotos machen wir mit dem Smartphone doch schließlich alle, dauernd, überall.«

»Können wir endlich anfangen?«, will Opa wissen. »Diese Warterei ist Gift für meinen Blutzuckerspiegel.«

»Sei nicht so ungeduldig, Papa«, rügt ihn Maman. »Soviel ich weiß, hattet Paul Bocuse und du in der Küche schon Œufs brouillés mit gebratenem Speck und Kräutern der Provence.«

»Ach, das bisschen Rührei«, mault Opa. »Als wenn man davon satt würde.«

»Gebratener Speck?«, wiederholt Rosalie angeekelt und hält sich die Serviette vor den Mund. »Den habe ich vorhin schon im Treppenhaus gerochen. Entschuldigt mich.«

Sie springt auf und verlässt fluchtartig das Zimmer.

»Ach du Schreck«, sagt Maman betreten. »Ich wusste doch nicht, dass sie so empfindlich ...«

»Schon gut, Maman«, unterbricht sie Félix. »Seit sie schwanger ist, kommt es mir vor, als wäre ich mit einem Überraschungsei verheiratet. Heute wird ihr schlecht vom bloßen Gedanken an Speck, morgen stürzt sie sich wie eine Hyäne darauf. Völlig unberechenbar diese tickende Hormonbombe.«

»Félix!«, zischt Maman empört. »So spricht man nicht von seiner schwangeren Frau.«

»Mag schon sein, aber ich mache drei Kreuze, wenn das alles vorbei ist.«

»Wenn das alles vorbei ist?« Maman lacht. »Dann geht der Stress erst richtig los, mein Schatz.«

»Hör auf damit, Maman«, stöhnt Félix. »Wir haben das alles exakt geplant. Ihre Mutter und eine Halbtags-Nanny werden Rosalie unter die Arme greifen, wenn das Baby da ist. Und sie selbst hat dann auch endlich wieder eine Aufgabe. Das ist gut für sie und gut für unsere Ehe. Apropos Aufgabe, Coralie: Rosalie konnte gestern Abend nicht aufhören, von dieser albernen Baby-Shooting-Sache zu faseln. Wenn sie sich so eine fixe Idee in den Kopf setzt, lässt sie nicht mehr locker.

Du würdest mir einen Riesen-Gefallen tun, wenn du zur Abwechslung mal von deinem hohen Ross runtersteigen würdest, Schwesterherz. Es kann doch schließlich nicht so schwierig sein, ein Baby zu fotografieren. Das würde ich ja sogar mir selbst zutrauen.«

»Dann mach es doch einfach selbst«, schlage ich vor und blitze ihn angriffslustig an.

»Ich frage mich wirklich, worauf du dir etwas einbildest, Schwesterchen. Soweit ich mich erinnere, hast du bei deiner letzten Ausstellung gerade mal zwei Bilder verkauft. Wenn Jules nicht wäre ...«

»Schluss damit, Félix, Coralie«, geht Maman dazwischen. »Am Tisch wird nicht gestritten. Was soll denn unser Gast von euch denken?«

Ethan lächelt mich über den Tisch hinweg aufmunternd an.

Dann serviert Héloise ihre legendären Cannelés.

»Was ist das?«, fragt Ethan und beäugt neugierig die Platte mit den kleinen gugelhupfförmigen Küchlein.

»Die Cannelés de Bordeaux sind eine regionale Spezialität«, klärt ihn Héloise auf. »Sie werden in speziellen verzinnten Kupferformen gebacken. Das Geheimnis sind der Rum, die Vanille und der Zimt im Teig und natürlich die lange Backzeit, durch die die leckere karamellisierte Kruste entsteht. Innen müssen sie zart schmelzend sein und außen schön knusprig. Dann sind sie perfekt.«

»Du hast Glück«, sage ich schmunzelnd und nehme mir ein Küchlein von der Platte. »Héloise macht die besten Cannelés weit und breit. Sie würde jeden Wettbewerb gewinnen.«

»Auf Héloise und ihre Cannelés!«, pflichtet mir Félix bei. »Einer der besten Gründe, um die Weihnachtswoche jedes Jahr zu Hause auf dem Familiensitz zu verbringen. Das sollten Sie sich nicht entgehen lassen, mein Freund.«

Gespannt sehe ich zu, wie Ethan einen der kleinen Kuchen behutsam zwischen Zeigefinger und Daumen nimmt und die Hälfte abbeißt. Wieder schließt er für einen kurzen Moment die Augen, während er andächtig kaut. Ich beobachte die Bewegung seines Kiefers, die seine Wangenknochen noch markanter wirken lässt, und sehe zu, wie er sich anschließend einen kleinen Teigkrümel von der Oberlippe leckt.

Bon sang! Wie können mich die Lippen eines Mannes nur derart in Versuchung führen?

»Und?«, frage ich ungeduldig. »Haben wir zu viel versprochen?«

»Was soll er denn jetzt sagen? Er isst doch noch, Coralie«, weist mich Maman zurecht. »Wo hast du nur deine Manieren, Kind?«

»Das schmeckt himmlisch«, erklärt Ethan noch immer kauend. »Nein, ihr habt nicht zu viel versprochen.«

In diesem Moment kommt Rosalie an den Tisch zurück. Etwas blass und grünlich um die Nase zwar, aber mit frisch nachgezogenem Lippenstift und zartem Rouge auf den Wangen, das ihren viel beschworenen Baby-Glow unterstreicht, auf den sie so stolz ist. In dieser Beziehung kann man Rosalie nur bewundern. Diese

Frau wahrt einfach immer die Contenance. Als gelernte Kosmetikerin würde Rosalie sich nie im Leben mit ungemachten Haaren oder gar ungeschminkt zeigen – nicht in der Schwangerschaft, nicht mit Brechdurchfall, nicht mal, wenn gerade die Welt unterginge.

»Alles in Ordnung, Liebes?«, erkundigt sich Maman besorgt.

Rosalie nickt lächelnd. »Ich habe beschlossen, jeden Moment der Schwangerschaft mit allen Sinnen wertzuschätzen und zu genießen.«

Ich verschlucke mich beinahe an meinem Café au lait. »Du genießt es, dich zu übergeben?«

»Das stammt nicht von mir, sondern aus einem großartigen Achtsamkeitsratgeber für Schwangere«, bescheidet mich Rosalie beflissen. »Aber das verstehst du sowieso nicht.«

Ich verkneife mir einen weiteren Kommentar. Dann lassen wir uns die Cannelés schmecken. Außerdem hat Héloise frische Crêpes gebacken, die man sich nach Herzenslust mit Aprikosenmarmelade, Confiture de lait oder gesalzener Butter bestreichen kann. Ich esse meine am liebsten ganz puristisch mit etwas Zimtzucker, während Félix stets haufenweise scheußlich süße Nuss-Nougat-Crème auf seinen Crêpe streicht. Dazu gibt es reichlich Milchkaffee und frisch gepressten Orangensaft.

»Was haben Sie jetzt vor, Ethan?«, fragt Papa über den Tisch hinweg. Ich glaube, es ist sein erster Redebeitrag bei diesem Frühstück überhaupt. »Ich meine, haben Sie irgendwelche Pläne?«

»Ist das nicht eine ziemlich *bürgerliche* Kategorie, um in Coralies Worten zu sprechen?«, fragt Félix spöttisch grinsend. »Menschen wie unser Gast Ethan hier, haben keine Pläne. Sie lassen sich einfach treiben. Für sie ist der Weg das Ziel.«

»Du bist so erbärmlich überheblich, Félix«, zische ich und blitze ihn wütend an.

Ethan zückt sein Smartphone und schaut kurz auf das Display, ehe er es in seine Hosentasche zurücksteckt.

»Ich muss zurück nach London«, sagt er.

Seine nüchterne Antwort fühlt sich an wie ein Schlag in die Magengrube. Ich weiß auch nicht, was ich erwartet habe. *Nach Jahren des rastlosen Reisens bin ich endlich an meinem Ziel angekommen und dieses Ziel heißt Coralie. Auf sie habe ich mich all die Zeit zubewegt, ohne es zu wissen, und jetzt werde ich um sie kämpfen und sie für mich gewinnen.* Meine blühende Fantasie geht mal wieder mit mir durch. Natürlich sagt er nichts davon. Schließlich würde es auch klingen wie aus einem drittklassigen Kitschroman, wie ich sie mit vierzehn oder fünfzehn Jahren verschlungen habe.

»Und wie wollen Sie das anstellen, mein Freund?«, fragt Félix und genehmigt sich noch eine Schale Obstsalat. »Der gesamte Verkehr im Département Gironde ist zusammengebrochen. Züge, Flüge – alles gecancelt. Und auf den Autobahnen Mega-Staus. Wenn Sie per Anhalter Ihr Glück versuchen wollen, können Sie froh sein, wenn Sie Neujahr auf Ihrer Insel ankommen.«

»Jeder will zu Weihnachten daheim bei der Familie

sein«, säuselt Maman. »Das ist ganz natürlich. Aber ich fürchte, Sie werden noch ein bisschen hierbleiben müssen, Ethan.«

»Das kommt überhaupt nicht in Frage«, entgegnet Ethan. »Ich kann unmöglich noch länger Ihre großzügige Gastfreundschaft in Anspruch nehmen, Madame Lacroix.«

»Das ist keine Großzügigkeit, das ist Eigennutz«, behauptet Félix polemisch. »Vermutlich würden wir uns vor lauter Langeweile gegenseitig an die Gurgel gehen, wenn Coralie Sie nicht angeschleppt hätte.«

»Also wirklich, Félix! Was soll der arme Junge denn bloß über uns denken? Das klingt ja, als wären wir eine Sippe von Streithähnen«, sagt Maman pikiert.

»Félix und ich streiten fast nie«, flötet meine Schwägerin. »Dazu bin ich viel zu harmoniebedürftig. Außerdem bekomme ich vom Streiten scheußliche Stresspusteln.«

»Ich frage mich wirklich, wie du das machst«, entgegne ich spitz. »Wenn ich bedenke, dass ich es kaum eine Stunde mit meinem Bruder aushalte, ohne mit ihm zu streiten.«

»Meine Mutter sagte immer: Kein Mann mag streitsüchtige und rechthaberische Frauen«, erklärt mir Rosalie in belehrendem Ton. »Wenn du die Meinung eines Mannes ändern willst, streite nicht, sondern lass ihn glauben, dass es seine eigene Idee war.«

»Wow. Das klingt ja beinahe wie buddhistische Philosophie«, murmele ich sarkastisch.

Rosalie sieht mich stirnrunzelnd an, als sei sie sich

nicht ganz sicher, ob ich ihr gerade ein Kompliment gemacht oder sie beleidigt habe. Ethan grinst.

»Schluss jetzt, Kinder!«, spricht Maman ihr gern genutztes Machtwort. »Es ist Weihnachten und es gibt noch einiges zu tun. Wie ihr wisst, steht heute das traditionelle Girlandenflechten auf dem Programm und heute Abend erwarte ich euch vollzählig zum Auftritt der *Étoiles de Noël* in den Allées de Tourny.«

»Wer sind die *Étoiles de Noël?*«, fragt Ethan stirnrunzelnd über den Tisch hinweg.

»Der örtliche Weihnachtschor, den Maman ehrenamtlich leitet«, erkläre ich ihm. »Sie haben heute einen ihrer Auftritte auf der großen Bühne des Marché de Noël vor dem Opernhaus.«

»Und die Sache mit den Girlanden?«, erkundigt sich Ethan.

»Eine feuchtfröhliche Weihnachtstradition«, erwidert Félix schmunzelnd. »Deftiges Essen, guter Wein und blutige Finger.«

»Ich schlage vor, Félix und unser Gast Ethan helfen beim Zweigeschneiden, während wir mit Héloise die Scheune herrichten«, sagt Maman.

»Ich gehe mit raus«, erkläre ich schnell.

Maman runzelt die Stirn. »Aber das ist seit jeher Männersache, Coralie. Du ruinierst dir nur deine Sachen und zu klein bist du auch.«

Ich verdrehe die Augen. »Félix ist gerade mal drei Zentimeter größer als ich. Ich ziehe mir nur schnell etwas anderes an.«

»Dann aber Beeilung! Um zwölf kommen die Gäste.«

Als ich in Jeans und Pulli die Treppe hinunterkomme, warten die anderen schon auf mich. Ethan trägt ein Paar abgelegte Winterstiefel und einen alten Parka von Papa, der ungefähr aus den 1970er Jahren stammen dürfte und im Keller überdauert hat.

Juste ciel! Diesen Kerl kann einfach nichts entstellen!

Auch ich hole diesmal meinen Wintermantel und die gefütterten Stiefel aus dem Schrank und ziehe außerdem eine Mütze auf. Dann machen wir uns mit Astscheren und Handschuhen bewaffnet und Paul Bocuse im Schlepptau auf den Weg. Obwohl er aufgrund seines stattlichen Gewichts bis zum Bauch in den weichen Schnee einsinkt, hat er sichtlich seinen Spaß. Er tollt herum und pflügt durch den Schnee wie ein verspielter Welpe.

»Wohin gehen wir eigentlich?«, fragt Ethan und greift intuitiv nach meiner Hand, als ich weit weniger elegant als die Dogge durch den Schnee stolpere.

Ethan trägt fingerlose Handschuhe, die ihm Opa geliehen hat. Dennoch fühlt sich seine Berührung an wie ein leichter, prickelnder Stromschlag, der meine Nervenbahnen durchzuckt. *Bon sang!* Vor ein paar Tagen habe ich irgendwo einen Artikel über Hypersensibilität gelesen. Genau mit diesem Wort würde ich die völlig irrationale Intensität beschreiben, mit der ich auf Ethan reagiere.

»*Merci*«, flüstere ich. Meine Lider flattern leicht, als ich in seine himmelblauen Augen blicke. Das Bedürfnis, ihn zu küssen, ist geradezu übermächtig.

Dennoch ziehe ich meine Hand zurück, als Papa sich zu uns umdreht.

»Wir gehen nur bis zum Waldrand, um Ilex und Tannenzweige für die Girlanden zu schneiden«, sage er.

»Sie zieren später die Haustür und die Handläufe des Treppengeländers«, füge ich schnell hinzu.

»Ah, diesen Weihnachtsschmuck kenne ich von zu Hause«, entgegnet Ethan mit hörbar belegter Stimme. »Allerdings sind die Girlanden bei uns meistens aus Plastik.«

Ich lächele. »Dann stechen sie zwar auch nicht, aber die echten duften unvergleichlich und sind um ein Vielfaches schöner. Vor allem, wenn sie selbstgemacht sind.«

Der Weg ist nicht weit, aber aufgrund des starken Schneefalls beschwerlicher als gedacht. Gleich hinter der Grundstücksgrenze beginnt ein kleines Waldgebiet, in dem wir früher häufig unsere Sonntagsspaziergänge gemacht haben. Über Nacht hat es sich in einen märchenhaften Winterwald verwandelt. Die sattgrünen fächerförmigen Zweige der Tannen sind zentimeterdick mit Schnee bedeckt und sogar die leuchtend roten Beeren der wilden Stechpalmensträucher tragen kleine weiße Mützen.

Dann machen wir uns an die Arbeit. Die Tannenzweige zu schneiden ist noch einfach und macht Spaß. Als dann aber der Ilex an der Reihe ist, bereue ich schnell, die Männer begleitet zu haben. Die Stechpalme macht ihrem Namen alle Ehre und anders als später beim behutsamen Girlandenwickeln muss man beim

Schneiden und Bündeln beherzt zugreifen.

»Aua!«, kreische ich und lasse vor Schreck die Schere fallen. »Verfluchter Ilex!«

»Du musstest ja unbedingt mitkommen«, kommentiert mein Bruder schadenfroh. »Das ist eben nichts für Mädchen.«

»Wann hast du eigentlich vor, endlich mal erwachsen zu werden, Félix?«, zische ich.

»Lass mal sehen«, sagt Ethan sanft und nimmt meine Hand in seine, um mir vorsichtig den Handschuh auszuziehen.

»Es blutet ein bisschen«, sagt er. »Da sollten wir ein Pflaster drauf tun.«

»In meiner Manteltasche«, sage ich und lasse zu, dass er in meine Tasche greift.

Ein wohliger Schauer durchfährt mich, als Ethans Hand in meine Tasche gleitet. Ich bin sicher, dass er das Pflasterpäckchen schon längst gefunden hat. Doch er lässt es sich nicht entgehen, durch das feine seidige Innenfutter hindurch zärtlich meine Hüfte und meinen Oberschenkel zu berühren, ehe er das Pflaster hervorholt, um es behutsam auf meinen blutenden Handballen zu kleben.

»So, fertig«, sagt er leise und hält meine verarztete Hand noch einen Moment in seiner.

»Da hast du ja einen richtigen Glücksgriff getan, Schwesterherz«, lacht Félix. »An deinem Straßenmusiker ist offenbar auch noch ein Sanitäter verlorengegangen.«

***

Als wir mit einer beachtlichen Ausbeute zum Haus zurückkommen, sind mit Monsieur und Madame Gilbert schon die ersten Nachbarn eingetroffen. Das gemeinsame Girlandenflechten ist eine Art nachbarschaftliche Tradition und weil unsere ausgebaute Scheune mit dem rustikalen Kaminofen den perfekten Rahmen für derartige Aktivitäten bietet, findet die vorweihnachtliche Bastelstunde alljährlich bei uns statt.

Maman und Rosalie haben bereits den langen Holztisch gedeckt und im Ofen prasselt ein heimeliges Feuer.

»Das ist aber nicht Jules«, sagt Madame Gilbert mit Blick auf Ethan, nachdem sie mich geherzt und mit drei Wangenküssen begrüßt hat.

»Nein, das ist Ethan. Unser Hausgast aus London«, entgegne ich spröde.

»Und Jules? Ist er denn nicht hier?«, will die alte Klatschbase wissen und macht ein besorgtes Gesicht.

»Er ist geschäftlich in der Schweiz«, erkläre ich knapp und schiebe mich an Madame Gilbert vorbei, um meine Zweige zu den anderen zu legen.

»Coralie, könntest du rasch rüber laufen und die Kartons mit den roten Kugeln aus dem Keller holen, solange du noch Mantel und Mütze anhast?«, ruft Maman über den Tisch hinweg. »Ich habe sie vergessen und Rosalie soll in ihrem Zustand nicht mehr so schwer heben.«

»Ich komme mit dir, wenn du nichts dagegen hast«, bietet Ethan an.

Ich hoffe, dass ich bei seinem Angebot nicht allzu

auffällig strahle.

»Ich glaube, dein Bruder kann mich nicht leiden«, sagt er, als wir zum Wohnhaus hinübergehen.

»Er misstraut dir. Und er misstraut mir«, entgegne ich schlicht. »Félix ist kein romantischer Mensch, aber er kennt mich. Es ist schwer, ihm etwas vorzumachen. Er sieht genau, dass ich ...«

Ich breche ab.

»Dass du was, Coralie?« Ethans Stimme hat wieder diesen hypnotischen, sonoren Klang angenommen, als er mir tief in die Augen sieht.

»Dass ich ...« Nein, ich kann das nicht aussprechen. »Jules ist sein ältester und bester Freund und er würde nie verstehen, dass ...«

»Dass was, Coralie? Sprich es aus«, fordert Ethan mit sanfter Strenge, ohne mich aus den Fängen seines forschenden Blicks zu entlassen.

»Dass ich alles aufs Spiel setze«, flüstere ich und senke schuldbewusst den Blick. »Deinetwegen.«

Ich erschauere, als er mein Kinn mit seinem linken Daumen zu sich anhebt, sodass ich gezwungen bin, ihn anzusehen. Mit dem Zeigefinger der anderen Hand streicht er mir zärtlich eine Haarsträhne aus der Stirn.

»Als du mir gestern Abend gesagt hast, dass du vorhast zu heiraten, dachte ich: Lass die Finger von diesem Mädchen, Ethan. Du handelst dir nur Ärger ein. Sie ist tabu. Aber dann lag ich die ganze Nacht lang wach deinetwegen. Ich konnte an nichts anderes denken, als an dein süßes Lächeln, deine weichen Lippen, deinen betörenden Duft. Ich bin in diesem charmanten Puppenhaus da drüben umhergewandert und traf überall auf dich. Auf deine Bilder, deine Bücher, deine Musik.«

»Meine Musik?«, frage ich stirnrunzelnd.

»Das ist doch dein alter Plattenspieler, oder? Und es sind auch deine Platten.«

Ich nicke verwirrt.

»Also hörte ich um drei Uhr nachts *Easter* von Patti Smith - ein brillantes Album - und las dazu deine handschriftlichen Notizen zu Italo Calvinos *Abenteuer eines Fotografen*.«

»Ernsthaft?«, frage ich ungläubig.

Ethan nickt. »Du hast mich verzaubert, Coralie Lacroix. Du bist das interessanteste Mädchen, das mir je begegnet ist. Du kannst mich jetzt rausschmeißen und ich verschwinde auf der Stelle aus deinem wohlgeordneten, bourgeoisen Leben. Aber wenn du das nicht tust, werde ich auf deinen Bruder, diesen Jules und deine Hochzeitspläne scheißen und alles daransetzen, dich rumzukriegen.«

Ich schlucke. Meine Kehle fühlt sich an wie Sandpapier.

»Ich will nicht, dass du gehst, Ethan«, flüstere ich.

»Und ich will dich, Coralie«, murmelt er, ehe er mich erneut küsst. *Ô mon Dieu!* Und wie er mich küsst! Das ist keine warme Sommerbrise, das ist ein Tropensturm. Ungezügelt, heftig und so voller Leidenschaft, dass mir schwindelig wird und ich reflexartig die Arme um seinen Hals schlinge, um nicht ins Taumeln zu geraten.

Hitze schießt durch meinen Körper bis tief in meinen Unterleib, als Ethans sündige Zunge auf köstliche Weise imitiert, was wir beide ersehnen.

In diesem Moment höre ich Gemurmel hinter uns und sich rasch nähernde Schritte im Schnee.

»Fuck!«, knurrt Ethan und lässt gerade noch rechtzeitig von mir ab, ehe Madame und Monsieur Aubertin um die Ecke biegen, seines Zeichens Polizeipräsident von Bordeaux.

»Salut, Coralie! Ich hoffe, wir kommen nicht zu spät«, ruft er mir zu. »Sandrine konnte ihre Winterstiefel nicht finden. Sind die anderen schon da?«

»Nur die Gilberts bisher«, entgegne ich und hoffe, dass die beiden meine heftig geröteten Wangen der kalten Schneeluft zuschreiben.

»Was wollten wir nochmal hier draußen?«, frage ich Ethan stirnrunzelnd, als die Aubertins durch die Scheunentür verschwunden sind.

Er grinst spitzbübisch. »Ich hatte angekündigt, dass ich dich unbedingt rumkriegen will. Danach haben wir uns geküsst …«

»Nein, nicht das«, falle ich ihm ins Wort. »Was sollte ich für Maman holen?«

»Du hast es echt vergessen«, lacht er. »Ich scheine dich ja ziemlich aus dem Konzept zu bringen.«

Ich verdrehe die Augen, als mir die Kisten mit den Kugeln wieder einfallen. »Bilde dir bloß nicht zu viel ein.«

Als wir zurückkommen, ist das Girlandenflechten bereits in vollem Gange und wie jedes Jahr herrscht dabei eine geradezu altertümliche Geschlechtertrennung. Die Frauen sitzen schwatzend um den großen Kaminofen herum und wickeln Türgirlanden, während sich die Männer um den Tisch mit den mitgebrachten Leckereien versammelt haben, um sich zu deftigen Broten mit Bayonner Schinken und baskischem Schafskäse die erste Runde Wein zu genehmigen.

»Ich dachte schon, ihr kommt nicht wieder«, erklärt Maman ungeduldig und nimmt mir den Karton mit den roten Christbaumkugeln aus der Hand, die in die Girlanden integriert werden.

»Sie können Ihre Schachtel da drüben hinstellen«, weist sie Ethan an. »Und dann nehmen Sie sich etwas zu essen und ein Glas Wein.«

»Ehrlich gesagt würde ich mich lieber am Girlandenmachen versuchen, wenn Sie gestatten, Madame«, entgegnet Ethan.

Maman sieht ihn verblüfft an. »Nun, wenn das so ist, wird Ihnen Coralie zeigen, wie es geht.«

Und dann zeige ich Ethan, wie man aus duftendem Tannengrün und festlich glänzendem Ilex Girlanden wickelt, ohne sich dabei blutige Finger zu holen.

»Man legt die kleinen Sträuße aus Zweigen nacheinander schuppenartig überlappend auf das Hanfseil und fixiert sie mit dem Blumendraht«, sage ich, während er mir aufmerksam zusieht. »Die Bündel sollten etwa gleich dick und gleich lang sein, damit ein einheitliches Bild entsteht.«

Während ich weiter wickele, beobachte ich, wie Ethan meine Anleitung umsetzt. Er stellt sich geschickt an und er hat schöne Hände. Schlank und muskulös mit langen Fingern und kurzen gepflegten Nägeln. Es sind Musikerhände wie die von Maman und Opa.

»Etwa so?«, fragt er.

Ich lächele. »Ja, genau so.«

Ungeachtet der Tatsache, dass ich mich im Vorfeld jedes Jahr aufs Neue am liebsten vor dem Girlandenflechten drücken würde, liebe ich es doch, wenn es dann so weit ist. Die urige Atmosphäre der alten Scheune, der festliche Duft nach Tannengrün und gutem Essen, das heimelige Knistern des offenen Feuers und das Basteln in geselliger Runde stimmen einen unweigerlich auf Weihnachten ein. Die gleichförmige, monotone Tätigkeit in Kombination mit den trivialen Gesprächen entfalten eine geradezu meditative Wirkung und lassen Sorgen und Alltagsstress vergessen. Man fühlt sich aufgehoben und geborgen und zugleich zurückversetzt in eine längst vergangene Zeit.

Und dann holt Opa auch noch seine Drehleier hervor, um ein paar weihnachtliche Lieder zu spielen. Mit der rechten Hand dreht er die zierliche Kurbel, die das Rad im Inneren antreibt, das wiederum die Saiten anstreicht. Mit der linken spielt er die Melodie auf der Klaviatur. Paul Bocuse liegt zu seinen Füßen und alle lauschen andächtig, als er dem altehrwürdigen Instrument die Klänge von *Il est né le divin enfant* entlockt.

Obwohl er seine geliebte Vielle à Roue fast nur noch

an Geburtstagen und in der Weihnachtszeit zum Klingen bringt, ist Opa noch immer ein begnadeter Spieler. Und als solcher genießt er sichtlich die Aufmerksamkeit und den Applaus seines Publikums.

»Wow, was für ein wunderschönes Instrument«, sagt Ethan ehrfürchtig, als Opa geendet hat.

»Ja, das ist ein echtes Schätzchen, eine wahre Antiquität. Gebaut von Jean-Nicolas Lambert in Paris um 1750«, erklärt Opa beflissen. »Es gibt nicht mehr viele ihresgleichen. Und die wenigsten von diesen Schönheiten werden noch gespielt.«

»Sie hat einen wundervollen Klang«, sagt Ethan tief beeindruckt. »So warm und voll.«

»Das kann man wohl sagen, mein Junge.«

Mein Junge – das hat Opa zu Jules noch nie gesagt. Und selbst in Bezug auf Félix kommt ihm dieser Ausdruck liebevoller Wertschätzung nur höchst selten über die Lippen.

»Damals schufen die großen Meister ihrer Zunft noch Handwerkskunst für die Ewigkeit«, fährt Opa mit leuchtenden Augen fort.

»Sagt bloß, Opa hält schon wieder seinen berühmten Vortrag über die Vorzüge historischer Musikinstrumente?«, fragt Félix grinsend, während er Holz nachlegt.

»Musikalische Analphabeten wie du, die das blecherne Gedröhne, das als Datenstrom aus ihren Handys schallt, für Musik halten, können das natürlich nicht verstehen«, kontert Opa.

»Sie sind doch auch Musiker, Ethan«, zwitschert

Rosalie dazwischen. »Wie wäre es mit einer musikalischen Kostprobe? Ein englisches Weihnachtslied vielleicht?«

»Oh ja, das ist wirklich eine fantastische Idee«, befindet Maman. »Tun Sie uns den Gefallen und spielen Sie eine kleine Weihnachtsmelodie für uns, Ethan.«

»Ich fürchte, ich bin nicht sehr textsicher, was Weihnachtslieder angeht«, versucht er sich aus der Affäre zu ziehen.

»Bitte, Ethan«, pflichte ich den beiden bei. »Spiel' etwas für uns. Es muss auch kein Weihnachtslied sein.«

»Na schön«, gibt er sich geschlagen. »Derart charmante Bitten kann man ja nicht ablehnen. Ich hole nur schnell meine Gitarre.«

Als er aufsteht und die Scheune verlässt, habe ich für einen kurzen Moment Angst, dass er nicht wiederkommen wird. Aber es würde seltsam aussehen, wenn ich hinterherginge. Und tatsächlich sind meine Sorgen unbegründet.

»Das ist aber auch ein sehr schönes Instrument«, findet Opa, als Ethan wenig später mit seiner Gitarre im Arm wieder neben mir Platz nimmt. »Eine alte elektroakustische Martin, wenn mich nicht alles täuscht.«

»Eine 1959er D18-E«, bestätigt Ethan verblüfft.

»Eine echte Rarität und ein recht kostspieliger Klassiker für einen Straßenmusiker, wenn mir diese Bemerkung gestattet ist.«

»Sie gehörte meinem Vater«, erklärt Ethan schnell. »Woher wissen Sie das alles, Monsieur?«

»Auch wenn man es kaum für möglich hält, sind wir

nicht bloß eine Sippe von drögen Geldsäcken und Geschäftemachern, mein Junge. Sagen wir einfach, ich bin auf dem Gebiet der Musik ein interessierter Laie. Und jetzt lassen Sie mal hören, was Sie dieser schönen alten Martin zu entlocken haben.«

Und das tut er. *Juste ciel!* Das ist doch bloß ein hübscher Typ mit seiner Gitarre! Eine akustische Klampfe und etwas kitschige Lagerfeuerromantik. Doch was Ethan daraus macht, ist so viel mehr als das. Die Gitarre liegt wie eine Geliebte in seinen Armen, als er einfach nur dasitzt und ein Medley aus *Little Drummer Boy* und *Silent Night* spielt. Ich bin wie gebannt vom Anblick seiner ausdrucksstarken Hände, die das Instrument voller Hingabe liebkosen, sinnlich und vollkommen intuitiv. Die Adern und Sehnen seiner linken Greifhand treten beim Spielen deutlich hervor, während er die Saiten mit der rechten Hand bloß unendlich zärtlich zu streicheln scheint. Ethan sitzt leicht nach vorn über gebeugt, sodass ihm die blonden Haarsträhnen ins Gesicht fallen. Da ist nichts Affektiertes, nichts Theatralisches an seiner Art zu spielen. Da sind bloß er und seine Musik. Ich habe noch nie im Leben jemanden so gefühlvoll, so weltvergessen und selbstversunken spielen sehen. Und ich habe nicht geahnt, dass eine profane Gitarre so magisch klingen kann.

Mit einem Mal herrscht in der ganzen Scheune feierliche Stille. Niemand sagt ein Wort. Alle lauschen andächtig Ethans Spiel. So, als wäre seine hypnotische Musik ein archaischer Zauber, mit dem er seine Zuhörer belegt.

Und dann beginnt er *Silent Night, Holy Night* zu singen. Roh, rau und so verletzlich, dass mir Tränen in die Augen schießen. Ich bin eigentlich nicht nah am Wasser gebaut, aber Ethans Gesang und sein Gitarrenspiel berühren etwas so tief in mir, dass ich nicht dagegen ankomme. Ich habe Gänsehaut und einen Kloß im Hals.

Die ganze Scheune bebt förmlich vor Beifall, als er endet und die Gitarre demonstrativ beiseitelegt.

»Das war wunderschön«, krächze ich mit belegter Stimme.

»Famos, mein Junge, ganz famos!«, ruft Opa und klatscht frenetisch in die Hände.

»Mir ist das Herz aufgegangen«, pflichtet ihm Madame Gilbert bei. »Sie sollten das wirklich professionell machen.«

Ethan lächelt scheu und fährt sich mit der Hand durchs Haar. »Schön, dass es Ihnen gefallen hat.«

Und dann serviert Héloise ihr legendäres Cassoulet, das beim Girlandenbinden niemals fehlen darf. Der deftige Wintereintopf aus Flugentenkeulen, Knoblauchwurst, weißen Bohnen und viel Gemüse kommt traditionell in einem großen rustikalen Bräter auf den Tisch und wird aus Cassoles, den kleinen Steingutschalen, gegessen. Dazu gibt es Baguette und einen voluminösen Château Montus, den Papa stets als den Pétrus des Südwestens bezeichnet.

Es wird geschlemmt, getrunken, geredet und viel gelacht, aber im Grunde habe ich nur Augen für Ethan, der mir auch diesmal gegenübersitzt. Sein Lächeln, seine Blicke, sogar die Art, wie er sich die Nase reibt, lassen mein Herz schneller schlagen. *Bon sang!* Ich reagiere viel zu intensiv auf ihn. Viel intensiver als gut für mich ist.

»Das schmeckt Weltklasse«, sagt er begeistert. »Erinnert mich ein bisschen an Tante Sues Stew mit Bohnen. Aber das hier ist noch sehr viel besser.«

Obwohl er von seiner Familie erzählt und alle an ihn gerichteten Fragen so bereitwillig beantwortet, ist er mir doch ein einziges Rätsel. Wer zum Teufel ist dieser höllisch attraktive Kerl, der einfach alles durcheinanderbringt? Er ist wie aus dem Nichts aufgetaucht, wie eine Schneewehe in mein Leben geschneit und stellt alles auf den Kopf, jede Gewissheit in Frage. Will mich das Schicksal auf die Probe stellen oder vor einem großen Fehler bewahren? Und was wäre der Fehler? Wer wäre der Fehler? Jules oder Ethan? *Juste ciel!* Habe ich mich das tatsächlich gerade gefragt? Ich nehme einen großen Schluck Wein, obwohl das wohl kaum die richtige Strategie ist, um einen klaren Kopf zu behalten.

»Das sieht sehr schön aus«, befindet Maman zufrieden, als die frisch geflochtene Girlande rund um die doppelflügelige Haustür angebracht ist. Ihre Befestigung bildet traditionell den Abschluss des großen Bastelnachmittages und wird normalerweise mit einem Glas Champagner begossen. Doch heute sind wir spät dran. Es dämmert bereits. In einer Stunde haben Maman und die *Étoiles de Noël* ihren Auftritt auf dem Weihnachtsmarkt drüben auf der anderen Seite der Garonne.

»Félix und Rosalie fahren mit Papa und mir. Coralie, du nimmst Ethan mit und Opa bleibt hier bei Paul Bocuse«, kommandiert Maman, wie sie es seit jeher getan hat.

»Ich kann auch fahren«, bietet Félix an. »Dann muss Coralie nicht mit der alten Wellblechgarage durch den Tiefschnee schlittern.«

»Die *alte Wellblechgarage* hat kein Problem mit Schnee«, entgegne ich schnippisch.

»Außerdem hattest du schon zu viel Wein, Félix«, urteilt Maman.

Er öffnet den Mund zum Protest, doch Rosalie ist schneller.

»Deine Mutter hat Recht, *mon lapin*«, flötet sie. »Lieber eine Beule in Coralies hässlichem Entlein, als eine in deinem neuen Wagen.«

Ich kräusele die Lippen, verkneife mir aber einen gehässigen Kommentar.

»Und jetzt Beeilung, Kinder!«, ruft Maman. »Wir wollen schließlich nicht zu spät kommen.«

Einen Moment später rollt Papas SUV vom Hof.

»Können wir nicht einfach hierbleiben?«, fragt Ethan mit diesem schalkhaften Lächeln auf den Lippen, als ich die Wagentür aufschließe.

Ô mon Dieu! Was für eine verlockende Vorstellung.

Ich drehe mich zu ihm um und halte die Luft an, als er die Hände im nächsten Augenblick links und rechts von mir gegen die Tür stützt, mich gleichsam zwischen sich und dem Wagen gefangen nimmt. Mein Herz klopft bis zum Hals.

»Das ist völlig ausgeschlossen«, flüstere ich, doch es klingt wenig überzeugend.

»Du ahnst nicht, wie sehr ich mich den ganzen Tag lang danach gesehnt habe, mit dir allein zu sein, Coralie. Nach dem Duft deiner Haare und dem Geschmack deiner seidenweichen Lippen. Ich bin fast verrückt geworden, als du mir über Stunden so nah warst und ich dich trotzdem nicht berühren konnte. Das war die reinste Folter.«

Sein intensiver Blick und das raue Timbre seiner Stimme jagen einen Hitzeschauer durch meinen Körper, der sich glühend und verlangend in meinem Unterleib sammelt.

»Hör auf, Ethan«, hauche ich. »Ich kann nicht ...«

Er löst die rechte Hand vom Wagen, um sich damit unwirsch durchs Haar zu fahren. »Wegen Jules?«

Ich sehe aus dem Augenwinkel, wie sich die Küchengardine bewegt.

»Nein.« Ich schüttele den Kopf und schlucke. »Wegen Maman. Sie würde mir nie verzeihen, wenn ich ihren Auftritt verpassen würde.«

»Okay, das ist etwas anderes«, entgegnet er mit rauer Stimme und grinst schief. »Sehen wir uns den Auftritt der *Étoiles de Noël* an, Prinzessin.«

Dann hält er mir galant die Wagentür auf, ehe er selbst auf den Beifahrersitz klettert.

Es stimmt zwar, dass ich die Fourgonnette in Paris auch bei Schnee fahre, aber auch dort sind die Winter für gewöhnlich recht mild und die Straßen im Ernstfall gut geräumt. Die Gironde dagegen wurde von dem heftigen Wintereinbruch völlig überrascht und buchstäblich kalt erwischt. Entsprechend sind die schmalen Siedlungsstraßen, die hinunter zum Ufer der Garonne führen, nicht geräumt und sorgen somit für eine aufregende Rutschpartie.

»Achtung! Gut festhalten«, empfehle ich Ethan, als wir die Avenue du Président François Mitterrand mehr hinunterschlittern als hinunterfahren.

»Wenn ich mit jemandem im Straßengraben landen möchte, dann mit dir«, erklärt er lachend und sucht Halt am schmalen Metallrahmen seines Sitzes. »Wie ich diese federnden Campingstühle vermisst habe.«

Erst, als wir ins Neubaugebiet in Ufernähe abbiegen, wo die immergleichen Stadtvillen hochgezogen werden, entspannt sich die Lage, sodass ich das Radio einschalte.

»Das waren die Meldungen zum Verkehr. Kommt trotz der chaotischen Wetterverhältnisse gut und sicher an euer Ziel. Und jetzt drei Hits am Stück! Den Anfang macht die brandneue Hit-Single von Insomnia, den angesagten Indie-

Rockern aus London, die am vergangenen Wochenende ein Mega-Konzert in der ausverkauften Grand Arena Bordeaux gespielt haben: Viel Spaß mit Feels Like Spiritual Kinship!«

Gerade fahren wir an einem Bauzaun vorbei, der noch über und über mit Werbeplakaten für das besagte Konzert beklebt ist. *Insomnia* steht dort schlicht in neonpinker Schrift auf schwarzem Grund. Darunter ist ein bandagierter, nach unten zeigender Daumen zu sehen. Obwohl dieser Daumen wie von Hand hingekritzelt aussieht, weckt er Assoziationen zum Gefällt-mir-Button in den sozialen Netzwerken. Nur zeigt er in die umgekehrte Richtung.

»Darf ich einen anderen Sender einschalten?«, fragt Ethan neben mir.

»Sicher«, sage ich, obwohl ich den Song eigentlich gern hören würde. Ich kenne zwar die Band nur aus dem Radio, aber ich mag ihre Lieder, wenn sie gespielt werden. Mir gefällt der schroffe Sound in Verbindung mit den schönen Melodien und der rauen, melancholischen Stimme des Sängers.

»Magst du die Band nicht?«, erkundige ich mich, als die Arena in Sichtweite kommt.

»Die sind mir einfach zu omnipräsent. Indie-Bands, die plötzlich in solchen Riesenhallen spielen, sind mir irgendwie suspekt.«

»Würdest du nicht gern in einer solchen Arena spielen, wenn du die Chance dazu hättest?«

Als ich keine Antwort bekomme, sehe ich zu ihm hinüber. Ethans undurchdringlicher Blick ist aus dem Wagenfenster auf die riesige futuristische Mehrzweckhalle gerichtet, die aussieht wie ein überdimensioniertes weißes Ufo, das gerade eben gelandet ist. Ich bin nicht sicher, ob es ein sehnsüchtiger oder eher ein abfälliger Blick ist.

»Ich dachte, jeder Musiker träumt von solchen Erfolgen. Davon, endlich berühmt zu sein.«

»Stimmt. Vermutlich träumt jeder davon«, murmelt Ethan. »Bis er es erreicht hat.«

Seine kryptische Antwort irritiert mich.

»Was genau ist verkehrt daran, Erfolg zu haben mit einer Sache, die man liebt?«

»Im Grunde nichts. Was ist mit dir, Coralie? Wünschst du dir, dass deine Fotografien in die Sammlung des MoMA aufgenommen werden oder, dass die Leute sich ernsthaft damit auseinandersetzen und sie verstehen?«

»Im besten Fall natürlich beides«, entgegne ich leichthin.

»Ja, das dachte ich auch. Aber leider sieht die Realität meistens anders aus.«

»Du meinst, diese Band hat ihre Ideale verraten?«

»Nicht unbedingt. Aber ihre Wurzeln verloren, den Bezug zu ihren Fans. Wenn Minderjährige ihre Unterwäsche auf die Bühne werfen und Kids rund um den Globus Texte mitgrölen, deren Inhalt sie nicht verstehen, hat sich da offensichtlich etwas verselbstständigt.«

»Ich schätze, die meisten würde das nicht stören, solange die Verkaufszahlen stimmen«, entgegne ich schmunzelnd. »Aber ich verstehe, was du meinst. Ich will auch keine Babyfotos machen, obwohl sich damit

Geld verdienen ließe. Vielleicht sind wir zu hochmütig für diese Welt. Das meint jedenfalls meine Familie.«

»Hochmütig«, wiederholt Ethan grübelnd. »Nein. Ich nenne es idealistisch.«

Ich lächele. »Ja, ich auch.«

»Und dein Großvater?«

»Mein Großvater?« Ich runzele die Stirn.

»Er ist ein brillanter Musiker. Er hat doch sicher Verständnis für das, was du machst.«

»Ja, in gewisser Weise schon. Mein Großvater ist ein Freigeist gefangen im Körper eines Weinhändlers. Er war zwanzig Jahre alt und hatte gerade sein Musikstudium aufgenommen, als sein Vater starb und er die Geschäfte der Handelsgesellschaft übernehmen musste.«

»Wie grausam«, murmelt Ethan.

»Sein Herz gehörte immer der Musik, aber das Familienunternehmen ist sein Leben. Maman kam nach ihm. Sie durfte am Konservatorium Klavier studieren, während mein Onkel Guillaume die Geschäftsleitung hätte übernehmen sollen. Aber der verunglückte bei einem Polo-Turnier. Deshalb kam alles anders und Papa wurde Opas Nachfolger. Demnächst ist dann Félix an der Reihe.«

Wir fahren jetzt am rechten Garonne-Ufer entlang und überqueren dann die Pont Saint-Jean. Es ist, als würde man über diese Brücke in die Vergangenheit reisen, vom 21. Jahrhundert mit seiner futuristisch cleanen Architektur mitten hinein in das 17. Jahrhundert. Auf der anderen Flussseite ziehen sich die prachtvollen Fassaden der hohen schmalen Bürgerhäuser und barocken Repräsentationsbauten am Ufer entlang, für die Bordeaux so berühmt ist. Diese Häuserzeile ist die Visitenkarte der Stadt, auf beinahe allen Postkarten zu finden und in zahlreichen historischen Filmen als Kulisse verewigt. Heute erstrahlt sie in weihnachtlichem Glanz.

Ich habe Glück und finde einen Parkplatz an der Place des Quinconces.

Als wir aus dem Wagen steigen, meldet mein Smartphone den Eingang einer neuen Textnachricht. Sie ist von Jules.

Salut mon trésor. Habe noch ein Arbeitsessen und werde anschließend einen Drink mit Bastien im Hotel nehmen. Wird sicher später. Warte nicht auf einen Anruf. Jules

Ich starre auf das Display. Ein Teil von mir hatte inständig gehofft, dass ein abendliches Telefonat mit Jules alles wieder ins Lot bringen, mir gewissermaßen den Kopf zurechtrücken würde. Stattdessen diese knappe, kühle Nachricht.

»Alles in Ordnung?«, fragt Ethan.

Ich nicke und stecke das Telefon weg.

»Bist du sicher?«, hakt er nach. »Du siehst aus, als hättest du eine schlechte Nachricht erhalten.«

»Nein.« Ich schüttele den Kopf und räuspere mich. »Es ist nichts. Bloß eine Textnachricht von Jules.«

Ethan blinzelt. »Willst du ihm nicht antworten?«

Ich schüttele den Kopf. »Ich werde ihn später anrufen. Jetzt sehen wir uns erstmal Mamans Auftritt an.«

Ethan schlägt die Kapuze von Papas olivgrünem

Parka hoch. Dann greift er wie selbstverständlich nach meiner Hand. Und ebenso selbstverständlich verweben sich meine Finger mit seinen. Händchenhaltend schlendern wir die Rue de Sèze entlang, den weihnachtlichen Düften und Klängen entgegen.

Die Allées de Tourny, der prachtvolle Boulevard, auf dem alljährlich im Dezember der große Weihnachtsmarkt stattfindet, ist festlich geschmückt. Die illuminierten Platanen wirken in der Dämmerung wie ein glitzerndes Sternenzelt, das über den Marktständen mit ihren schneebedeckten Dächern aufgespannt ist.

Hier wird alles aufgeboten, um auch den letzten Weihnachtsmuffel in Festtagsstimmung zu versetzen. Wir spazieren vorbei an Ständen mit handgezogenen Kerzen, bunt funkelnden Christbaumkugeln, Holzspielzeug, selbstgestrickten Schals, leuchtenden Papiersternen und herrlich kitschigen provenzalischen Krippenfiguren. Aber natürlich ist der Marché de Noël auch immer ein Schlemmerparadies. Überall duftet es nach heißen Maroni, würzigem Glühwein und gebrannten Mandeln. Die Händler kommen aus ganz Frankreich, um ihre Spezialitäten feilzubieten. Es gibt Terrinen mit Roquefort aus Ayveron, Austern aus dem Bassin d'Arcachon, baskischen Bayonne-Schinken, Ziegen- und Schafsmilchkäse aus Korsika, bretonische Salzbutter-Karamell-Bonbons, Laugengebäck und deftige Flammkuchen aus dem Elsass, aber auch iberische Wurstwaren, belgische Pommes frites, kanadische Kekse mit Ahornsirup und kandierte Früchte aus Persien.

»Was ist das?«, fragt Ethan und deutet auf einen nostalgisch gestalteten Marktstand, dessen üppige Auslage ausschließlich aus regenbogenbuntem Zuckerwerk besteht, und vor dem sich eine Gruppe von Kindern versammelt hat.

»Das ist der Lieblingsstand der Kinder, wie du siehst«, entgegne ich lachend. »Hier gibt es Niniches bordelaise und Niniches de Quiberon, die absolut leckersten Süßigkeiten der ganzen Atlantikküste. Ich habe diesen Marktstand als Kind vergöttert.«

»Ach ja?«, fragt Ethan. »Und heute nicht mehr?«

»Ich habe einfach schon lange keine mehr gegessen«, gestehe ich und zucke ratlos mit den Schultern. »Irgendwann hat man vermutlich verinnerlicht, dass diese klebrigen Zuckerbomben ungesund und schlecht für die Zähne sind.«

Eine Jugendliche zupft ihrer Freundin am Jackenärmel und zeigt mit dem ausgestreckten Zeigefinger auf Ethan.

»Das ist er!«, zischt sie. »Guck doch mal!«

Das andere Mädchen ist noch mit der Auswahl ihrer Niniches beschäftigt und hebt nur kurz den Kopf.

»Quatsch«, murmelt sie. »Der sieht ihm nur ähnlich. Was sollte er denn noch hier machen?«

»Aber er ist es!«, zischt die andere aufgeregt und zückt ihr Smartphone. »Ich bin mir absolut sicher. Ich kann mich nicht täuschen. Sein Poster hängt über meinem Bett.«

»Komm.« Ethan macht eine Kehrtwende und zieht mich förmlich mit sich fort.

»Was war das denn gerade?«, frage ich verblüfft.

»Irgendeine Verwechslung.« Er zuckt mit den Achseln und zieht seine Kapuze noch etwas weiter ins Gesicht. »Ich will den Mädels bloß nicht den Spaß verderben.«

»Kommt das öfter vor?«, frage ich amüsiert.

»Hin und wieder.« Er grinst jungenhaft.

»Ist ja lustig. Und mit wem verwechseln sie dich?«

Ethan zuckt mit den Schultern. »Mit allen möglichen Leuten. Scheinbar habe ich ein ziemliches Allerweltsgesicht.«

»Unsinn. Das Mädchen eben hat dich eindeutig für irgendeinen berühmten Popstar gehalten.«

»Vielleicht werde ich ja noch einer«, entgegnet er mit einem schiefen Grinsen.

Wir spazieren am Weihnachtsbaumhändler und dem Luftballon-Verkäufer vorbei, ehe das Caroussel Palace 1900 vor uns auftaucht. Obwohl das zweigeschossige historische Karussell mit seinen nostalgischen pastellfarbenen Karussellfiguren, den auf und ab galoppierenden Pferdchen und prachtvollen Kutschen, das ganze Jahr über auf den Allées de Tourny steht, entfaltet es nur in der Weihnachtszeit seinen ganzen Zauber. Die liebevolle Beleuchtung, die Musik und die weihnachtliche Szenerie zwischen schneebedeckten Marktständen und den prächtig illuminierten Fassaden von Oper und Grand Hotel verleihen ihm einen völlig aus der Zeit gefallenen Charme.

»Wow«, sagt Ethan staunend mit glänzenden Augen wie ein kleines Kind. »Ist das schön!«

»Ja.« Ich grinse. »Noch so ein Kindermagnet. Opa und Héloise haben uns oft fahren lassen. Ein Pferdchen mit goldener Mähne zu ergattern und bei der Fahrt eine Niniche mit Walnusskaramell zu lutschen, das war das Größte.«

Dann ist es auch schon höchste Zeit, uns zur Bühne zu begeben, die vor ehrwürdiger Kulisse zwischen Opernhaus und Grand Hotels aufgebaut ist. Der Chor nimmt bereits Aufstellung, als wir uns in die erste Reihe durchzwängen. Alle Chorsänger tragen ihre roten Schals, einige sogar weihnachtliche Zipfelmützen - auch Maman.

»Da seid ihr ja endlich«, flüstert Papa. »Maman hat sich schon Sorgen gemacht, dass ihr mit der *Deuche* liegengeblieben seid.«

»Wir mussten nur einen Parkplatz finden«, entgegne ich, während ein Mann ans Mikrofon tritt.

»Genießen Sie jetzt weihnachtliche Klänge mit unserem Weihnachtschor, den *Étoiles de Noël,* unter der Leitung von Madame Marie-Claire Lacroix am Piano«, sagt der Herr von der Stadtverwaltung.

Dann singt der Chor *Les anges dans nos campagnes*. Es folgen eine Reihe alter und neuer Weihnachtsklassiker von *Mon Beau Sapin* bis zu *It's beginning to look a lot like Christmas.* Den Abschluss ihres rund halbstündigen Auftritts bildet traditionell das besinnliche *Ave Maria.*

Der Chor im Allgemeinen und Maman als Chorleiterin im Speziellen bekommen eine Menge Applaus von Publikum und Passanten. Viele Zuhörer sind extra wegen des Konzerts gekommen, andere einfach stehengeblieben, um den altbekannten Liedern zu lauschen oder sogar mitzusingen. Die Stimmung ist auf heitere Art beschwingt und festlich.

»Ihr wart wunderbar, Schatz. Du warst wundervoll«, sagt Papa zu Maman, als sie ein paar Minuten später zu uns stößt.

»Ja, sie werden jedes Jahr besser«, stimmt ihm Maman zu. »Auch wenn der alte Monsieur Drouyn immer häufiger seinen Einsatz verpasst.«

Dann geht es zum traditionellen Absacker zum Marktstand der Austernfischer vom Bassin d'Arcachon, um mit einem Glas Champagner auf den gelungenen Auftritt anzustoßen.

Während ich versuche, etwas Antialkoholisches für meine schwangere Schwägerin zu organisieren, verliere ich Ethan aus dem Blick. Vielleicht ist ihm das Schlürfen von Austern und Champagner zu dekadent, vielleicht mag er auch einfach keine rohen Muscheln. Immerhin gibt es ein paar Stände weiter einen Händler, der original britisches Fish and Chips anbietet. Also stoßen wir ohne ihn an.

»Wo warst du denn so plötzlich hin?«, frage ich, als er ebenso plötzlich wieder auftaucht.

»Ich hatte bloß eine Kleinigkeit zu erledigen«, erklärt er unbestimmt.

»Klingt ja geheimnisvoll«, entgegne ich schmunzelnd.

»Darf ich dich kurz entführen?«

Mit einem Mal ist da wieder dieses hypnotische Funkeln in seinen Augen, dem ich mich nicht zu entziehen vermag. Ich nicke wie in Trance und folge ihm durch das dichte Menschengedränge, das sich inzwischen um die Glühwein- und Spezialitätenstände gebildet hat.

»Bereit für einen kleinen Ausritt, Mademoiselle?«, fragt Ethan mit diesem unverschämt jugendlichen Lächeln auf den Lippen, als wir kurz darauf direkt vor dem Karussell stehen.

»Absolut ausgeschlossen«, entgegne ich und schüttele lachend den Kopf. »Dafür sind wir beide zu alt, Ethan.«

»Wie alt bist du, Coralie Lacroix? Dreiundzwanzig?«

»Fünfundzwanzig«, gebe ich zu.

»Ich bin siebenundzwanzig und ich fühle mich kein Stück zu alt. Mary Poppins war im Übrigen auch nicht zu alt dafür.«

Ethan reicht mir auffordernd seine Hand und ich greife noch immer kopfschüttelnd zu. Galant wie ein Gentleman alter Schule hilft er mir auf eines der an kunstvoll gedrechselten goldenen Stangen auf und ab galoppierenden Pferdchen – ein Schimmel mit goldgelockter Mähne und pastellrosa Decke. Er selbst steigt auf den Rappen neben mir.

Und schon geht die Fahrt los. Und das deutlich schneller, als ich es in Erinnerung hatte. Verkrampft kralle ich mich an die Stange im Rücken des Pferdes, doch schon nach einer halben Runde habe ich mich an das Tempo gewöhnt. Zum ersten Mal seit meiner Kindheit galoppiere ich auf einem Karussellpferdchen über die Allées de Tourny und es ist einfach nur wunderbar und mindestens ebenso magisch wie damals. Die bunten Marktstände und die Lichter der Stadt an sich vorbeiziehen zu sehen ist grandios. Ich inhaliere die kalte, nach kandierten Mandeln duftende Schneeluft, während wir zu den Klängen von Frank Sinatras *Let it snow!* dahingaloppieren.

»Und?«, fragt Ethan neben mir. »Fühlst du dich immer noch zu alt dazu?«

Ich schüttele lachend den Kopf. »Nein. Es ist einfach nur toll.«

Dann kramt er eine raschelnde Papiertüte aus seiner Parkatasche hervor und hält sie mir hin.

Ich greife hinein und ziehe eine Niniche heraus.

»Du bist doch verrückt«, lache ich und wickele den kleinen stiftförmigen Karamell-Lutscher aus der knisternden Folie.

»Walnusskaramell«, stelle ich verzückt fest.

Ethan grinst und schiebt sich ebenfalls eine Niniche in den Mund.

»Die sind echt lecker«, erklärt er begeistert. »Kein Wunder, dass die Kids hier so darauf stehen.«

»Welche Sorte hast du?«

»Irgendwas mit Rum. Magst du mal probieren?«

Vermutlich sollte ich verneinen, aber natürlich nicke ich und koste seine Niniche. Auch diese Sorte schmeckt himmlisch.

»Wow«, murmelt Ethan neben mir. »Du ahnst nicht, wie sexy das aussieht, was du gerade machst.«

»Was mache ich denn?«, frage ich irritiert.

»Wie du die Lippen um diesen zierlichen Lutscher wölbst, deine Zunge darüber gleiten lässt und dir den klebrigen Karamell von den Lippen leckst, das ist so verflucht sexy, dass ich dich auf der Stelle vernaschen möchte, Coralie Lacroix.«

Seine geraunten Worte und die schwere, intensive Art, wie sein Blick dabei auf meine Lippen gerichtet ist, lassen mich augenblicklich erröten.

»Hör auf damit, Ethan«, krächze ich.

»Ich sagte nicht, dass ich es tun werde. Nur, dass ich es gern tun möchte«, erklärt er mit diesem hintersinnigen Lächeln auf den Lippen.

Dann ist die Fahrt vorbei und wir klettern von unseren Pferden.

❄ ❄ ❄

Als wir eine halbe Stunde später zum Parkplatz gehen, hat es angezogen. Wo kein Schnee liegt, sind Straßen und Gehwege gefährlich glatt.

»Soll ich fahren?«, bietet Ethan an, als ich an seiner Hand zum wiederholten Mal ausgleite.

Ich sehe ihn skeptisch an.

»Ich habe nichts getrunken und ich verspreche, die Fourgonnette heil nach Hause zu bringen«, schiebt er nach. »Darauf hast du mein Wort, *Sweetheart.*«

Normalerweise lasse ich niemanden ans Steuer meiner geliebten *Deuche.* Aber bei Ethan mache ich eine Ausnahme. Zum einen hatte ich tatsächlich ein Gläschen zu viel, zum anderen vertraue ich diesem mysteriösen Herumtreiber aus gänzlich unerfindlichen Gründen so sehr, dass ich nicht nur das Wohlergehen meiner alten Kastenente, sondern auch mein eigenes, ohne zu zögern, in seine Hände legen würde.

Ich überlasse Ethan die Wagenschlüssel und klettere auf den Beifahrersitz. Wie erwartet steuert er die *Deuche* sicher durch Schnee und Eis. Sogar die gefährlich glatten Hügelstraßen von Floirac meistert er souverän und parkt sie schließlich wohlbehalten neben Félix' protzigem Audi. Diesmal sind wir die Ersten. Papas SUV steht noch nicht an seinem Platz.

Ethan kommt auf meine Wagenseite, um mir gentlemanlike die Tür zu öffnen. Ich steige aus und mit einem Mal fühlt es sich an, als würde die Luft zwischen uns vibrieren. Ich will ihn, wie ich nie zuvor einen Mann wollte auf dieser Welt. Aber mein Freund in Genf hat schon den Verlobungsring gekauft und er wird spätestens übermorgen hier sein, um mich damit zu überraschen.

Als Ethan Anstalten macht, mich zu küssen, verschränke ich die Arme vor der Brust. Plötzlich stehen wir uns gegenüber wie unbedarfte Teenager, die nicht wissen, wie sie zueinander kommen sollen. Ich fühle mich wie ein sechzehnjähriger Backfisch, vollkommen überfordert mit mir und der Situation. Eine seltsam betretene Stille ist die Folge.

»Das war ein schöner Abend«, sage ich mit belegter Stimme.

Ethan lächelt. »Ja, finde ich auch.«

»Ich meine, ein wirklich sehr schöner Abend. Der schönste, den ich seit sehr langer Zeit erlebt habe.«

»Geht mir genauso«, murmelt er mit diesem schiefen

Grinsen auf den Lippen.

»Ich denke, du verstehst, dass ich jetzt trotzdem durch diese Tür gehen werde und du durch die da drüben.« Ich weise in Richtung Gärtnerhaus.

Ethan seufzt. »Habe ich wirklich nicht die kleinste Chance bei dir, Coralie Lacroix?«

Ich beiße mir auf die Unterlippe und weiche seinem forschenden Blick aus. »Ich und Jules ...«

Ich verstumme erschrocken, als Ethan meine Schultern packt.

»Zum Teufel mit diesem Jules, Coralie!«, poltert er frustriert. »Flechtet Jules mit dir Girlanden und seid ihr schon mal zusammen Karussell gefahren? Liebt ihr die gleichen Bücher, die gleichen Filme, die gleichen Platten? Kannst du mit ihm über deine Kunst reden, über deine wunderbaren Fotografien? Ist ihm klar, was für eine brillante Künstlerin du bist, Coralie?«

Ich schüttele den Kopf und zwinkere verzweifelt gegen die Tränen an, die in meinen Augen brennen.

»Aber Jules liebt mich«, schluchze ich. »Ich kann ihn nicht betrügen.«

Ethan nickt und lässt meine Schultern los.

»Ich hoffe, der Kerl weiß, was für ein verdammtes Glück er hat«, erklärt er durch zusammengebissene Zähne.

Ich schlucke hart, als sich dennoch eine Träne aus meinem Augenwinkel löst. »Es tut mir leid, Ethan.«

Ich halte verwirrt die Luft an, als er die Hand hebt, um mir mit seiner Daumenkuppe unendlich zärtlich die Träne von der Wange zu wischen.

»Gute Nacht, Coralie«, sagt er leise.

Dann dreht er sich um und stapft ohne ein weiteres Wort in Richtung Gärtnerhaus davon.

Mit tränenverschleiertem Blick schließe ich die Haustür auf, streife mir die Schuhe von den Füßen und tätschele Paul Bocuse, der seine feuchte Hundenase zur Begrüßung an meiner Hand reibt. Dann gehe ich auf leisen Sohlen die Treppe hinauf. Ich habe keine Lust, jetzt mit Opa oder Héloise zusammenzutreffen und ihnen meinen verweinten Anblick erklären zu müssen. Ich ziehe meine Zimmertür hinter mir zu, als ich unten im Hof schwere Autotüren knallen höre.

Ich friere und fühle mich jämmerlich. Ich glaube, mir ist noch niemals ein Entschluss so schwergefallen wie der gerade eben, als ich Ethan draußen in der Kälte habe stehen lassen, ihn habe fortgehen lassen, statt jede Moral über Bord zu werfen und in seine Arme zu sinken. Denn das wollte ich mit jeder Faser meines Körpers. Ich war noch nie so unfassbar nah daran, Jules zu betrügen. Aber ich habe es nicht getan. Ich sollte mich gut fühlen, stolz auf mich sein, standhaft geblieben und das einzig Richtige getan zu haben. Aber warum fühlt es sich dann so verdammt falsch an? Warum zerreißt es mich beinahe, so als wollte es mir das Herz aus der Brust zerren? Warum ist mir speiübel vor Kummer und Schmerz? Ich kenne Ethan doch kaum. Er ist nur ein Fremder, ein ziellos umherwandernder Glücksritter, mit dem ich nichts gemein habe. Aber ist das wirklich wahr? Habe ich nicht viel mehr mit Ethan gemeinsam als mit Jules? Keine einzige von Ethans Fragen hätte ich mit Ja beantworten können, ohne zu lügen. Jules hat niemals mit mir Girlanden geflochten, er ist nie mit mir Karussell gefahren und er belächelt meine geliebte *Deuche.* Jules einzige Lektüre sind die Wirtschaftsteile des *Figaro* und der *Échos*. Er interessiert sich nicht für Literatur, Filme, Musik. Seine Hobbys sind Tennis und die Jagd. Und was meine Kunst angeht, die betrachtet er als meinen Zeitvertreib, eine Liebhaberei, die er toleriert, weil sie mir am Herzen liegt. Immer mal wieder spricht er davon, mir eine Galerie in Paris einrichten zu wollen, damit ich meine Arbeiten selbst vermarkten kann. Für ihn ist eine Galerie dasselbe wie eine Boutique, die man seiner Frau finanziert, damit sie 'etwas Eigenes' hat.

Ich sehe mit verschleiertem Blick auf die Uhr und beschließe, Jules anzurufen. Es ist schon nach elf. Sein Arbeitsessen müsste inzwischen vorüber sein und bei seinem Absacker mit Bastien dürfte ein kurzes Telefonat wohl kaum stören. Ich will einfach nur seine Stimme hören, mich seiner vergewissern und mir selbst bestätigen, das Richtige getan zu haben.

Ich blinzele die Tränen weg und greife zu meinem Smartphone. Doch statt Jules geht nur die Mailbox ran. Beim ersten Mal lege ich gleich wieder auf. Beim zweiten Mal ebenso. Beim dritten Versuch bitte ich ihn, mich zurückzurufen.

»Keine Sorge, *chéri*. Es ist nichts passiert, aber ich habe Sehnsucht nach dir. Ruf mich bitte an, wenn du das hier abhörst. *Salut.*«

Ich lasse das Telefon sinken, als es an meine Zimmertür klopft.

»Coralie?« Das ist Mamans besorgte Stimme. »Bist du da drin, Schatz?«

Ich reibe mir Augen und Wangen trocken und öffne die Tür.

»Was ist denn los mit dir, Kind? Du siehst ja plötzlich ganz furchtbar aus. So blass und deine Augen sind so glasig. Fühlst du dich nicht wohl?«

Ehe ich etwas erwidern kann, hat sie mir schon prüfend die Hand auf die Stirn gelegt, um zu eruieren, ob ich Fieber habe. Das hat sie schon getan, als ich noch ein kleines Mädchen war.

»Fieber hast du nicht«, stellt sie fest. »Hast du wieder Migräne?«

»Ich friere nur ein bisschen und fühle mich nicht so gut«, erkläre ich unbestimmt. »Ich werde ein Erkältungsbad nehmen und zu Bett gehen.«

Sie nickt. »Ja, das wird das Beste sein. Hoffentlich hast du dich nicht erkältet. Wir wollen doch nicht, dass du das Bett hüten musst, wenn Jules kommt und Weihnachten vor der Tür steht.«

»Nein, das wollen wir nicht«, entgegne ich tonlos und lasse mich von ihr auf die Stirn küssen.

❄ ❄ ❄

Ein heißes Bad zu nehmen, ist zwar prinzipiell eine gute Idee, wenn man fröstelt und sich elend fühlt, aber es ist keine besonders kluge Idee, wenn die chaotischen Gedanken und widerstreitenden Gefühle einen schier verrückt machen. Ich versuche, an Jules zu denken, mir sein Lächeln vorzustellen, den Klang seiner Stimme, den Geruch seiner Haut und den Geschmack seiner Lippen auf meinen. Aber es will einfach nicht klappen. Ich rufe mir ins Gedächtnis, wie er mich an Félix' neunzehntem Geburtstag beim Flaschendrehen zum allerersten Mal geküsst hat. Doch obwohl ich die Szene noch genau vor Augen habe, spüre ich rein gar nichts bei dieser Erinnerung. Es war einer dieser flüchtigen, verschämten Jungenküsse, obwohl er vier Jahre älter war als ich und es besser hätte können müssen. Und auch meine Erinnerung an mein erstes Mal mit Jules Jahre später nach dieser Party bei gemeinsamen Freunden in Paris ist völlig verblasst. Wir hatten beide zu viel getrunken, Jules hatte sich gerade von seiner damaligen Freundin getrennt und so passierte es. Das, wovon ich schon mit dreizehn heimlich fantasiert hatte, erwies sich als ziemlich unspektakulär und nicht übermäßig romantisch. Jules war nicht mehr mein angehimmelter Jugendschwarm und ich nicht mehr die kleine dumme Schwester seines besten Freundes. Aber irgendwie war es doch das, auf das wir uns beide all die Jahre hinbewegt hatten. Plötzlich fügte sich alles, als wäre es schon immer so vorherbestimmt gewesen. Wir waren einander vertraut, unsere Familien entzückt. Und da stehen wir heute. Jules' Schwester hat mir die Sache mit dem Ring verraten. Sie ist ein echtes Plappermaul. Ich glaube sogar, sie hat den Ring für ihn ausgesucht. Ich fühle mich schäbig, weil es mir partout nicht gelingen will, eine romantische, emotionale Erinnerung mit Jules heraufzubeschwören. Regelrecht verzweifelt versuche ich, mich an *uns* zu erinnern. Daran, wie er meinen Namen sagt, an seine Küsse, an seine Hände auf meiner Haut.

Doch alles, woran ich denken kann, ist Ethan. An den exotischen Klang meines Namens aus seinem Mund, an sein jungenhaftes Lächeln und an seine alles verzehrenden Küsse, nach denen nichts mehr ist, wie es einmal war. Ich erinnere mich daran, wie er heute Morgen meinen blutenden Handballen verarztet hat, an sein Gitarrenspiel, an die Niniches und das Karussell und daran, wie Ethan meine *Deuche* die vereisten Straßen von Floirac hinaufmanövriert hat. Die vierundzwanzig Stunden mit ihm waren aufregender, sinnlicher und romantischer als alles, was ich in all den Jahren mit Jules erlebt habe.

Seufzend klettere ich aus der Wanne, und hülle mich in ein mollig warmes Handtuch, ehe ich in Slip, Nachthemd und Kimono schlüpfe. Dann mache ich den Fehler, aus dem Fenster zu sehen.

Im Gärtnerhaus brennt noch Licht. Nicht oben im Bad oder im Schlafzimmer, sondern unten im Erkerzimmer. Und dann sehe ich Ethan. Er sitzt in dieser bitterkalten mondhellen Nacht auf den Stufen der kleinen überdachten Veranda. Irgendetwas hat er in der Hand. Ich glaube, er kritzelt etwas in ein Notizbuch und raucht dabei eine Zigarette. Wie er so gedankenversunken dahockt und ihm die mondbeschienenen goldenen Haarsträhnen in die Stirn fallen, sieht er aus wie einer dieser melancholischen romantischen Helden. Mein Herz, das eben noch so schwer war und schmerzte, als würde es mir mit brutaler Gewalt aus der Brust gerissen, flattert, als würde es von einem gigantischen Schwarm der sprichwörtlichen Schmetterlinge angetrieben. *Bon sang!* Ich habe mich in diesen Kerl da draußen verliebt! Und obwohl es vermutlich eine große Dummheit ist und vielleicht der größte Fehler meines Lebens, weiß ich mit einem Mal, dass es ein noch viel katastrophalerer Fehler wäre, ihn nicht zu begehen.

Mein Herz klopft bis zum Hals, als ich die Badezimmertür hinter mir ins Schloss fallen lasse, barfuß die Treppe hinuntereile und in meine Stiefel steige. Erst als ich durch die Verandatür schlüpfe, wird mir wieder bewusst, dass es Dezember ist und noch dazu einer der kältesten seit Jahren. Und mir wird schlagartig klar, dass ich nur mit einem Hauch von einem Seidennachthemd, einem Kimono und Winterstiefeln bekleidet bin. Doch da ist es bereits zu spät, um umzukehren. Ethan hat mich schon entdeckt. Er erhebt sich wie in Zeitlupe und starrt einen Moment lang ungläubig in meine Richtung, als halte er mich für einen Geist oder eine optische Täuschung. Dann steckt er das kleine schwarze Notizbuch weg und kommt mir mit langen sputigen Schritten entgegengelaufen.

Er breitet die Arme aus und ich sinke in seine Umarmung, als wären wir ewig getrennt gewesen.

»Oh Coralie«, flüstert er und wieder suchen und finden sich unsere Lippen ganz intuitiv in einem ungemein zärtlichen Kuss.

»Es ist doch viel zu kalt hier draußen«, murmelt er besorgt, ehe er mich im nächsten Augenblick schwungvoll auf seine Arme hebt. Ich gebe einen überraschten Laut von mir und schlinge reflexartig die Arme um seinen Hals, als er mich über die Veranda und dann über die Schwelle des Gärtnerhauses trägt. Die Tür fällt hinter uns ins Schloss und plötzlich bin ich mit Ethan allein. Erst in meinem Zimmer lässt er mich herunter. Seine kostbare Gitarre steht ans Bett gelehnt, auf dem Kopfkissen liegt ein aufgeschlagenes Buch. Der kleine Ofen ist an und sorgt knisternd und lodernd für wohlige Wärme.

Eine Weile stehen wir uns gegenüber, als könnten wir es beide nicht recht fassen.

Ethans begehrende Blicke brennen sich durch meine Kleidung und durch meine Haut bis tief in mein Inneres.

»Bitte sag etwas«, flüstere ich verlegen und meine Stimme ist kaum mehr als ein wispernder Hauch.

Seine schönen Musikerhände zucken nervös, ehe er sich damit durchs Haar fährt.

»Ich hatte nicht zu hoffen gewagt, dass du kommst, Coralie«, erklärt er mit extrem rauer Stimme. »Ich habe es mir gewünscht, aber ich habe nicht geglaubt, dass du es tust.«

»Ich habe es nicht mehr ausgehalten«, flüstere ich. »Ich habe es wirklich versucht, aber es ging nicht.«

»Und Jules?«, fragt er und sieht mir forschend in die Augen.

Ich sehe ihn irritiert an.

»Versteh mich nicht falsch, Coralie.« Er fährt sich mit der Zunge über die Lippen. »Es gibt nichts auf der Welt, das ich lieber tun möchte, als mit dir zu schlafen. *Jesus!* Das wollte ich schon, als ich gestern auf dieser Parkbank aufgewacht bin und geradewegs in deine wunderschönen goldgrünen Augen geschaut habe. Und inzwischen kann ich an nichts anderes mehr denken. Ich will dich so sehr, dass es wehtut, Coralie! Ich habe noch nie im Leben eine Frau so sehr gewollt. Ich will dich berühren und erkunden, deine Haut schmecken und den Duft deiner Haare inhalieren. Ich will in dir sein, dich vor Lust erbeben sehen und hören, wie du meinen Namen wimmerst. All das will ich so sehr, dass ich kaum noch klar denken kann.« Er schluckt hart.

Ethans Worte lassen mich erschauern. Das raue Vibrato seiner Stimme jagt Hitze durch meinen Körper und wirkt unmittelbar auf meinen Unterleib.

»Ich will dich mit Haut und Haaren, Coralie Lacroix«, sagt er ernst und fixiert mich mit seinen himmelblauen Augen, in denen sich die züngelnden Flammen des kleinen Ofens als goldene Reflexe spiegeln. »Aber ich will nicht, dass du das hier bereust. Das mit mir, das mit uns. Dazu ist es zu kostbar. Das wäre nicht fair.«

Ich weiche seinem forschenden Blick aus und senke den meinen. Doch dann legt Ethan seinen Zeigefinger unter mein Kinn, sodass ich gezwungen bin, ihn anzusehen.

»Ich will nicht, dass du es morgen bedauerst, hergekommen zu sein, Coralie«, erklärt er durch zusammengebissene Zähne.

»Deshalb bin ich hier«, hauche ich und schlucke gegen die Trockenheit in meiner Kehle an. »Weil ich es mein Leben lang bedauern würde, wenn ich es nicht getan hätte.«

Ethan lächelt sein sexy Lächeln. »Da sind wir schon

zwei, *Sweetheart.*«

Und dann liegen seine glühenden Lippen erneut auf meinen. Diesmal ist es ein hitziger, ungestümer Kuss, leidenschaftlich und voller Ungeduld. Ich schnappe nach Luft, als er mit den Zähnen neckend in meine Unterlippe kneift, meinen Mund mit sanfter Gewalt aufzwingt und ihn mit gierigen Zungenstößen in Besitz nimmt, die imitieren, was wir beide so sehr ersehnen.

Wieder schlinge ich die Arme um Ethans Hals und grabe meine Fingerspitzen in sein blondes Nackenhaar, als er sengend heiße Küsse auf meiner Nasenspitze, meinen Wangen, meinem Schlüsselbein verteilt.

»Du riechst so gut, Coralie«, murmelt er mit den Lippen an meiner Halsbeuge und ich kichere leise, als sein warmer Atem meine erhitzte Haut streift.

Ethans kosende Hände gleiten über meinen Rücken, folgen dem Schwung meiner Wirbelsäule bis zu meinem Steiß, ehe sie sinnlich und besitzergreifend auf meinem Po zu liegen kommen. Ich schmiege den Kopf an seine raue Wange und inhaliere seinen betörenden Duft nach Rosmarin-Schaumbad, Tabakrauch und würzigem Aftershave.

»Du riechst auch gut«, flüstere ich mit den Lippen an seiner Wange und grabe meiner Finger tief in sein blondes Wuschelhaar.

Ethan keucht auf und zieht mich noch enger an sich.

Ich erbebe und sengende Hitze schießt in meinen Unterleib, als ich durch das grobe Denim seiner Jeans seine Erregung an meiner Hüfte spüre.

»In meiner Fantasie habe ich mir sehr viel mehr Zeit

mit dem Vorspiel gelassen«, erklärt er mit kehliger Stimme und diesem jungenhaften Lächeln auf den Lippen. »Ich habe es mir in allen Einzelheiten ausgemalt. Aber ich fürchte, in der Realität betörst du mich einfach zu sehr, um es langsamer angehen zu lassen. Ich bin verrückt nach dir, Coralie Lacroix. Mit jeder Faser meines Körpers. Und ich kann nicht mehr lange warten.«

Dann bekommt er das Gürtelband meines Kimonos zu fassen und löst mit einem gekonnten Griff die Schleife, sodass mir der luftige Morgenmantel von den Schultern gleitet und ich im nächsten Augenblick in meinem kurzen champagnerfarbenen Negligé vor ihm stehe.

»*Good heavens!* Wie unfassbar schön du bist, Coralie!«, murmelt Ethan mit ernster Aufrichtigkeit in der Stimme.

»In Nachthemd und Winterstiefeln?«, frage ich lachend.

»Ganz egal, was du trägst.« Ein kleines Grinsen malt sich auf seine Lippen. »Aber ich gestehe, dass ich diesem sexy Negligé den Vorzug gebe.«

Er verteilt ein paar verspielte Küsse auf meinem Dekolleté und entlang meines spitzenbesetzten Ausschnitts, ehe ich den Saum seines Hoodies zu fassen bekomme. Ungeduldig zerre ich ihm den grauen Kapuzenpullover über den Kopf.

Bon Dieu! Obwohl ich Ethan gestern Abend schon einmal kurz oben ohne gesehen habe, lässt mich der Anblick seines athletischen Oberkörpers mit den definierten Muskelpartien und dem flachen trainierten Bauch unwillkürlich erschauern.

Versuchsweise setze ich einen Kuss auf die satinglatte Haut unterhalb seines Schlüsselbeins und lasse meine Finger kosend über seinen beeindruckenden Sixpack bis zu seiner Gürtelschnalle wandern.

Ethan stöhnt rau auf und küsst mich erneut, während er mich rücklings zum Bett dirigiert. Ich bekomme Gänsehaut, als ich das kühle Metall des Bettgestells an meinen nackten Kniekehlen spüre, ehe er mich schwungvoll in die weichen Kissenberge manövriert. Da liege ich nun auf meinem romantischen alten Art-Nouveau-Bett, das an der Wende zum letzten Jahrhundert vielleicht einmal einer Kurtisane oder Künstlermuse gehört hat, und von dem ich mir immer erträumt hatte, eines Tages mein erstes Mal darauf zu erleben. Doch wie so vieles im Leben kam es anders.

Dann zerrt Ethan mir die Winterstiefel von den Füßen.

»Was für hübsche, zierliche Elfenfüße«, erklärt er schmunzelnd und streichelt meinen Spann, meine Fessel, meine Wade, ehe er im nächsten Moment über mir ist.

Ich halte die Luft an, als seine Hände meine Brüste finden, doch statt sie plump zu kneten, weiß er genau, mit welchem Verhältnis aus Sanftheit und Grobheit er zuzugreifen hat. Ich beiße mir wollüstig auf die Unterlippe, um nicht zu laut aufzuseufzen, als er sie durch die glatte Seide hindurch auf köstliche Weise liebkost. Ethan lächelt wissend, als sich mein Brustkorb unter meinem beschleunigten Atem hebt und senkt. Meine pochenden Knospen zeichnen sich durch den zarten Stoff ab wie kleine spitze Hügel, die sich seinen Liebkosungen sehnsüchtig entgegenrecken.

»Oh Ethan«, hauche ich und schlinge erneut die Arme um seinen Hals, um ihn zu mir heranzuziehen.

Seine kundigen Hände kosen meine Schenkel, ehe sie unter den breiten Spitzensaum meines Negligés gleiten, es mir über die Hüften streifen, an meinen Rippen emporgleiten und mir das zarte Hemdchen über den Kopf ziehen.

Jetzt trage ich nur noch das zu meinem Negligé gehörende Seidenhöschen, einen knappen, champagnerfarbenen Hauch von nichts. Wieder rieselt ein erwartungsvoller Schauer über meine Haut.

»*God almighty!*«, murmelt Ethan voll zärtlichem Begehren in seinen funkelnden Augen. »Du bist noch schöner, als ich es mir ausgemalt habe, Coralie.«

Ich werfe seufzend den Kopf zurück, als er einen Kuss in die zarte Vertiefung zwischen meinen Brüsten setzt, seine sinnlichen Lippen über meinen Bauch tiefer wandern lässt und sie auf meinen empfindlichen Nabel senkt, um spielerisch daran zu saugen. Ich kichere und winde mich unter seiner neckenden Liebkosung. Ein Hitzeschauer durchfährt mich, als Ethans Finger unter den Bund meines Höschens gleiten und es mir wie in Zeitlupe über die Hüften streifen. Ein kühler Lufthauch an meiner intimsten Stelle lässt mich erschauern. Die kühle Feuchte zwischen meinen Schenkeln verdeutlicht mir, wie erregt ich bin.

Ich halte die Luft an und grabe die Fingernägel tief in

das Laken, als Ethans glühende Hände auf meinen Schenkeln zu liegen kommen, um sie mit sanfter Gewalt aufzuspreizen. Ich presse die Lippen zusammen, um mein Keuchen zu ersticken, als seine sündigen Lippen ihre Erkundungsreise fortsetzen. Ethan haucht federleichte Küsse auf die erhitzten Innenseiten meiner Schenkel, meinen Venushügel, meine Scham, ehe seine kundige Zunge meine Venuslippen teilt. Ein kehliges Seufzen entringt sich meiner Kehle, als er meine pochende Perle findet, sie mit seiner Zungenspitze umkreist, sie mit saugenden Küssen und sanften Zungenschlägen neckt.

Ô mon Dieu! Was für ein unglaubliches Gefühl!

»Bitte, Ethan!«, keuche ich halb wahnsinnig vor Lust und süßer Qual.

Er blickt mit einem sinnlich verklärten Lächeln zu mir auf. »Bist du bereit für mehr?«

Juste ciel! Und wie ich das bin!

Statt einer Antwort bekomme ich seine Gürtelschnalle zu fassen und zerre ihn ungeduldig an mich heran. Mit flatternden, fiebrigen Fingern helfe ich ihm dabei, sich von Jeans und Shorts zu befreien, die zusammen mit Schuhen und Socken auf dem Boden landen.

Der Anblick dessen, was in all seiner skulpturalen Pracht zwischen Ethans Beinen aufragt, lässt mich einen Augenblick lang innehalten. Ein Anflug von Zweifel und Furcht überkommt mich, als er ein Kondom hervorzaubert und es sich eilig überstreift. Wie soll er um alles in der Welt Platz in mir finden, ohne mir wehzutun, ohne mich buchstäblich zu zerreißen?

Doch im nächsten Moment ist Ethan bereits über mir. Er sieht mir tief in die Augen, hält Blickkontakt mit mir und seine Hände umspielen zärtlich mein Gesicht, als er mit seiner pochenden Kuppe gegen meine glühende Pforte stößt und gleich darauf behutsam in mich dringt. In einer bittersüßen Mischung aus Lust und Qual reiße ich die Augen auf und Ethan erstickt mein heiseres Keuchen in einem atemberaubenden Kuss. Im nächsten Augenblick ist er bereits tief in mir und es fühlt sich umwerfend an. *Bon Dieu!* Ich hatte keine Ahnung, wie perfekt zwei Körper miteinander harmonieren, sich wie Schlüssel und Schloss ineinanderfügen können. Es kommt mir vor wie ein Wunder, als wären unsere Körper magische Artefakte, die ausschließlich in dieser einen einzigen unter unendlich vielen möglichen Kombinationen zueinanderpassen und ihre mystische Kraft entfalten.

Meine Anspannung verfliegt, während Ethan ganz still in mir verharrt.

»Alles in Ordnung?«, fragt er mit rauer Stimme und sein hübsches Gesicht ist verschattet vor mühsamer Selbstbeherrschung und Lust.

»*Oui*«, hauche ich und spüre, wie sich dabei ein befreites Lächeln auf meine Lippen malt.

»Dann bist du bereit für mehr?«

Ich nicke und lasse meine Hände wie zur Bestätigung über Ethans muskulösen Rücken zu seinem ungemein knackigen Po wandern.

Und dann bekomme ich mehr. So viel mehr, als ich mir je in meinen wildesten Träumen hätte ausmalen können. Ethans Liebeskunst unterscheidet sich so elementar von allem, was ich bisher erlebt habe, wie ein Tropensturm von einer lauen Sommerbrise. Zuerst bewegt er sich ganz gemächlich, geradezu kontemplativ mit sanften kreisenden Hüftbewegungen und kost meinen Körper gleichsam von innen und außen. Dann steigert er allmählich das Tempo, setzt mir mit tiefen, rhythmischen Stößen zu, die von meinem Schoß bis in den entlegensten Winkel meines Körpers widerhallen, ehe er uns beide energisch pumpend der Erfüllung entgegenführt.

»Oh Ethan«, keuche ich wimmernd und presse meine Lippen an seinen rasenden Puls. Ich habe das Gefühl, die Besinnung zu verlieren, seiner Energie schlicht nicht gewachsen zu sein, es nicht mehr auszuhalten, und giere doch wie eine Süchtige nach noch mehr.

»Komm jetzt mit mir, Coralie! Flieg mit mir zu den Sternen!«, fordert Ethan wie im Delirium mit einer Stimme, die fremd klingt vor urwüchsiger Erregung. Und das tue ich. Mit einem letzten heftigen Stoß katapultiert er uns gemeinsam ins Nirwana. Es ist, als würden mein Körper und meine Seele in der Schwerelosigkeit des Alls zerbersten, als sich Ethan pochend und pulsierend tief in mir entlädt. Bunte Farbwirbel explodieren vor meinen geschlossenen Lidern wie psychedelische Supernoven aus funkelndem Sternenstaub.

❄ ❄ ❄

Als ich allmählich wieder zu mir komme und die Augen

aufschlage, liege ich in Ethans Armen.

»Alles okay, Prinzessin?«, fragt er mit diesem atemberaubenden Lächeln auf den Lippen und streicht mir zärtlich eine Haarsträhne aus dem Gesicht.

Ich nicke erschöpft. »Ich bin tatsächlich mit dir zu den Sternen geflogen, Ethan.«

»Und ich mit dir«, flüstert er und küsst meine Stirn. »Was für ein Wahnsinnstrip.«

Dann hüllt er mich in die große marokkanische Paisleydecke, die mir Maman vor einer kleinen Ewigkeit von einer Reise nach Tanger mitgebracht hat.

Ich schmiege den Kopf an Ethans Brust, während er mit der Kuppe seines Zeigefingers müßig Kringel und Schlangenlinien auf meinen Oberarm malt. Es ist urgemütlich und unglaublich romantisch mit ihm in diesem schmalen Bett mit all den bunten Kissen, während der frostige Dezemberwind an den alten Fensterläden rüttelt und im Ofen ein heimeliges Feuer prasselt.

»Wäre es okay für dich, wenn ich mir eine Zigarette anstecken würde?«, fragt er mit diesem sexy Timbre in der Stimme, das noch mächtig rau und heiser klingt vom Sex.

»Klar«, murmele ich schläfrig an seiner Brust. »Wenn du mich mal ziehen lässt.«

»Ernsthaft?« Ich kann ihn förmlich grinsen hören. »Ich will dich nicht zu ungesundem Zeug verführen, Coralie.«

»Ich bin nicht so brav, wie du denkst, Ethan.«

»Ach nein?«, fragt er neckend und schnappt mit den Zähnen nach meinem Ohrläppchen.

»Ich habe im Studium gelegentlich geraucht und wenn ich im Atelier nicht weiterkomme, tue ich es heute noch. Jules kann mich dann nicht küssen, er findet es entsetzlich ...« Seinen Namen auszusprechen bringt mich ins Stocken. »Seinetwegen verkneife ich mir die Zigarette danach.«

»Wenn das so ist«, murmelt Ethan noch immer grinsend und angelt mit einer Hand nach seinen Jeans, ohne mich aus seiner Umarmung zu entlassen. Dann fördert er ein Zippo und ein knittriges Päckchen Dunhills zutage. Auf dem schwarzen Sturmfeuerzeug prangt neonpink ein hingekritzelter, bandagierter, nach unten zeigender Daumen.

»Ist das nicht das Logo dieser Band, *Insomnia*?«, frage ich träge.

Ethan zuckt mit den Achseln. »Kann sein. Ein Werbegeschenk, glaube ich.«

Dann steckt er die Zigarette an, nimmt einen tiefen Zug und reicht sie mir.

Ich paffe zweimal und gebe sie ihm zurück, während Ethan den Tabakrauch durch seine Nasenlöcher entweichen lässt.

Mon Dieu! Was für ein umwerfend attraktiver Mann! Das schulterlange blondgesträhnte Haar rahmt wild zerwühlt sein scharfgeschnittenes Gesicht. Mit dem freien Oberkörper und der glimmenden Zigarette zwischen den sinnlich geschwungenen Lippen sieht er aus wie ein Rockstar. Nicht wie die heutigen hochglanzpolierten Instagram-Stars, sondern wie ein melancholischer Grunge- oder Alternative-Rockstar der frühen

1990er Jahre, als Sex, Drugs and Rock'n'Roll nicht bloß eine Floskel, sondern noch eine Lebenseinstellung war.

»Was hast du eigentlich in dieser kalten Winternacht da draußen auf der Veranda gemacht?«, frage ich. »Führst du Tagebuch?«

»Nein.« Ethan lacht. »Ich habe bloß eine geraucht und ein paar Lyrics notiert.«

»Für einen neuen Song?«, erkundige ich mich neugierig.

Ethan nickt und nimmt noch einen kräftigen Zug, ehe er mir erneut die Zigarette reicht.

»Darf ich mal sehen?«

Er sieht mich fragend an.

»Das Notizbuch mit deinen Texten«, konkretisiere ich meine Bitte und rappele mich hoch, um an den alten geblümten Porzellanteller auf dem Nachttisch zu gelangen, den ich schon früher als Aschenbecher benutzt habe.

»Der Song ist noch nicht fertig«, sagt er schnell. »Es sind bloß ein paar Zeilen ohne Melodie, noch nichts Vorzeigbares.«

»Bitte, Ethan«, bettele ich. »Immerhin weißt du so ziemlich alles über mich, während ich noch immer kaum etwas über dich weiß.«

»Was willst du denn wissen, *Sweetheart*?«

»Ich möchte etwas über deine Musik erfahren. Über die Dinge, die du liebst.«

»Da gibt es eine Menge«, erwidert er schmunzelnd und setzt einen weichen Kuss auf meine Schulter. »Aber die Musik ist schon eine ganz besondere Liebe. Mein

Dad hat früh erkannt, dass ich nach ihm komme. Dass ich die Musik so brauche wie er. Wie die Luft zum Atmen, hat er immer gesagt. Ich hörte alle seine Platten, rauf und runter. Und er hatte eine Menge davon. Ich sog das alles ein wie ein Schwamm. Chuck Berry und Muddy Waters, Elvis Presley, Beatles und Stones, Jimi Hendrix, Pink Floyd und David Bowie. Das war das Einzige, wofür mein Dad Geld ausgab – Platten und Instrumente. Er fuhr einen uralten Volvo, der fast auseinanderfiel, aber er hatte die größte und beste Plattensammlung weit und breit. Deshalb gab es zwischen ihm und Mom oft Streit ums Geld, aber das ist eine andere Geschichte. Sobald irgendein Instrument in der Nähe war, war ich nicht mehr zu halten. Meine Mom hat den Krach gehasst. Trotzdem setzte sich mein Dad durch. Ich bekam Klavierstunden und mit sieben meine erste Gitarre. Ich habe geübt wie ein Verrückter. Tag und Nacht. Ich nahm sie sogar mit ins Bett.«

Ethan grinst dieses verführerisch verschmitzte Jungengrinsen. Dann beugt er sich über mich und greift nach seiner Gitarre. Mein Herz macht einen kleinen Sprung, als mir bewusst wird, dass er für mich spielen wird. Die zärtliche Art, wie er das Instrument anfasst, lässt keinen Zweifel daran, wie wichtig und wertvoll es für ihn ist. Ethan rückt etwas nach hinten, sodass er mit dem Rücken gegen das schmiedeeiserne Betthaupt gelehnt sitzt, während ich den Kopf auf meinen angewinkelten Arm stützte und ihm zusehe.

»Was hat es mit genau dieser Gitarre auf sich?«, erkundige ich mich.

»Sie war die Lieblingsgitarre meines Dads, seine erste selbstgekaufte. Als Mom ihn vor die Tür setzte und er zu seiner Freundin nach Frankreich zog, schenkte er sie mir. Da war ich dreizehn. Sie war sozusagen mein Anker, meine Verbindung zu ihm und mein größter Schatz. Sie hat mir geholfen, mit dieser ganzen Scheidungssache klarzukommen. Dabei ist sie eigentlich nichts Besonderes, weder ästhetisch noch klanglich. Bloß ein früher Versuch von Martin, eine elektroakustische Gitarre herzustellen, indem man zwei DeArmond-Tonabnehmer und drei Steuerknöpfe in eine Dreadnought einbaute – so weit, so unspektakulär. Trotzdem mag ich ihren warmen, hellen Sound.«

Ethan spielt eine kleine spielerische Akkordfolge wie eine Aufwärmübung.

»Ich hörte dann viel neueres und härteres Zeug. Punk, Metal, Grunge, Alternative, Post-Punk und jobbte, um mir eine Fender Mustang leisten zu können. Mit sechzehn gründete ich meine erste Band. Aber die Martin blieb eine Art Talisman.«

»Du willst mich aber nicht tatsächlich mit diesen paar Akkorden abspeisen, oder?«, frage ich neckend.

»Was willst du denn hören, Prinzessin? Noch ein Weihnachtslied?«

»Nein.« Ich lache und knuffe ihn in die Seite. »Etwas von dir. Keine Weihnachtslieder und keinen Cover-Kram.«

»Also gut. Kein Cover-Kram.«

Und dann spielt er ein Riff, bei dem ich augenblicklich Gänsehaut bekomme.

»Mehr?«, fragt er neckend.

Ich nicke strahlend. »Unbedingt.«

Er grinst. »Wie Sie wünschen, Mademoiselle.«

Und diesmal bekomme ich den ganzen Song.

Things seem so senseless / Where are we now? Inspire us!, singt Ethan, während er sich mit der Gitarre begleitet, dynamisch zwischen laut und leise schwankend, zwischen zärtlichem Pop und zornigem Punk mäandernd, seine Stimme mal sanft verletzlich, dann guttural nölend, oft unverständlich nuschelnd, dann wieder fiebrig, rau und schroff. Der Song mündet in einer mehrmaligen Wiederholung von *A confusion*.

Juste ciel! Ich habe Gänsehaut am ganzen Körper, mein Herz klopft wie wild und meine Kopfhaut prickelt. Mit fiebrigen Wangen und feuchten Augen klatsche ich Beifall, weil ich noch so aufgewühlt bin, dass sich meine Stimme ganz sicher schon beim ersten Wort überschlagen würde.

Ethan deutet mit dem Kopf eine Verbeugung an und langt erneut über mich, um die Gitarre wieder an ihren Platz neben dem Bett zu stellen.

»Das war wundervoll! Du warst wundervoll, Ethan«, schwärme ich ergriffen. »Dieser Song müsste ganz oben in den Streaming-Charts stehen und im Radio laufen, auf allen Kanälen in der Hot Rotation. Das klingt wie eine Nummer-1-Single, wie ein richtig großer Hit.«

»Findest du?« Er grinst schief. »Es ist doch nur ein kleiner Indie-Song.«

»Nein, ist es nicht.« Ich schüttele den Kopf. »Das ist so viel mehr als das. Diese Zerrissenheit, die Ziel- und

Planlosigkeit, die Ungewissheit und Zukunftsangst zwischen den Zeilen und in deiner Stimme – ich denke, das trifft den Nerv und das Lebensgefühl einer ganzen Generation. Ich glaube, du hast da einen Song geschrieben, auf den die Welt nur wartet, den Jugendliche rund um den Globus mitgrölen würden.«

»Mitgrölen«, wiederholt Ethan nachdenklich und runzelt skeptisch die Stirn.

»Ja. Weil sie sich darin wiederfinden würden, Ethan. Weil du ihnen aus der Seele sprichst, ihnen eine Stimme verleihst; ihre Gefühle, ihre Ängste und Sorgen in Worte und eine mitreißende Melodie kleidest, die sie selbst nicht finden würden. Das könnte die Hymne dieser Generation sein, du könntest ihr musikalisches Sprachrohr sein.«

Ethan lächelt. »Wow«, sagt er fasziniert. »So habe ich die Sache mit dem Mitgrölen noch nie betrachtet.«

»Dein Song ist wundervoll, Ethan. Alle müssten ihn hören ...«

Ich verstumme, als er mich auf diese intensive Weise ansieht.

»*Du* bist wundervoll, Coralie«, erklärt er ernst mit diesem sinnlichen Timbre in der Stimme, ehe er sich zu mir herüberbeugt, um mich voller Hingabe zu küssen.

»Deine Begeisterungsfähigkeit ist wahnsinnig sexy«, flüstert er ganz dicht an meinen Lippen. »Und – *Good heavens!* – dein Lächeln und dieses sagenhafte Strahlen in deinen katzenhaften grüngoldenen Augen. Himmel, ich bin süchtig nach dir, Coralie. Ich kann einfach nicht genug von dir bekommen.«

»Und ich nicht von dir, Ethan«, hauche ich an seinen Lippen.

»Gut zu wissen«, knurrt er grinsend und schnappt spielerisch nach meiner Unterlippe. Dann dirigiert er mich erneut in die Waagerechte.

Doch diesmal ist es anders. Die hektische Ungeduld und fiebrige Gier von vorhin sind abgeebbt und schaffen Raum für etwas noch sehr viel Intensiveres. Diesmal lassen wir uns Zeit. Zeit, einander zu erkunden und zu erforschen. Und Ethan ist ein akribischer Forscher. Seine sinnlichen Lippen, seine sündige Zunge, seine kundigen Hände scheinen überall gleichzeitig zu sein und machen Regionen meines Körpers zu ihrem Terrain, die ich niemals für derart empfindsam und erogen gehalten hätte. Das neckende Knabbern an meinen Ohrläppchen, die saugenden Küsse in die Vertiefungen meines Schlüsselbeins und die besondere Aufmerksamkeit, die er meinen empfindlichen Brustwarzen zuteilwerden lässt, sorgen dafür, dass ich mich ekstatisch unter ihm winde. Ethan spielt auf meinem Körper wie auf seiner Gitarre; hingebungsvoll, virtuos und vollkommen intuitiv. Wie Paganini der Teufelsgeiger macht er mich zu seinem Instrument, bringt Saiten zum Schwingen, die ich nicht kannte, und entlockt mir Empfindungen, wie ich sie noch nie zuvor hatte.

Ethans Hände sind wie Magie auf meiner Haut, beseelt von einer ureigenen Energie, die mich flutet, durch meine Adern und Nervenbahnen rauscht und von jeder Zelle meines Körpers Besitz ergreift. Jede seiner Berührungen, jede Liebkosung ist Teil dieses archaischen Liebeszaubers, mit dem er mich belegt und zu seinem Werkzeug macht. Mein Körper ist Wachs unter seinen Händen, mein Bewusstsein pures Empfinden. Als Ethans Lippen erneut den Weg zwischen meine zitternden Beine finden, erbebe ich bereits vor Lust. Ich seufze rau auf, als seine Zunge meine Venuslippen teilt, in meine glühende Spalte gleitet und im nächsten Moment tief in meine feuchte Enge taucht. Mit rhythmischen Zungenschlägen, die auf unvorstellbar erregende Weise imitieren, was noch folgen soll, bringt er mich schier um den Verstand.

»Bitte, Ethan! Ich kann nicht mehr«, keuche ich gequält und bäume mich ihm sehnsüchtig entgegen.

Er hält abrupt inne und sieht mit einem hintersinnigen Lächeln zu mir auf. »Dann soll ich also aufhören?«

»Nein, bitte nicht«, flehe ich.

»Was soll ich dann tun, Prinzessin?«

Ich schlucke hart. »Mach schon, Ethan!«, japse ich ungeduldig. »Spann' mich nicht noch länger auf die Folter.«

»Dann hast du also doch noch nicht genug?«, neckt er mich.

Ich beiße mir auf die Unterlippe und schüttele den Kopf.

»Möchtest du, dass wir es noch einmal tun?«

»*Oui*«, hauche ich. »*Baise-moi!*«

Und das tut er. In einer unendlich langsamen, fließenden Bewegung dringt Ethan in mich ein, füllt mich ganz und gar aus und dehnt mich auf köstliche Weise. Diesmal lieben wir uns ohne Eile, ohne Hast, aber mindestens ebenso leidenschaftlich und intensiv wie beim ersten Mal. Ethan führt mich mit seinem erfindungsreichen Liebesspiel, seiner Ausdauer, seiner schier unendlichen Energie immer wieder an meine Grenzen und darüber hinaus, an mir unbekannte Orte purer, archaischer Leidenschaft, in andere Sphären und erdenferne Galaxien.

21. Dezember

Sonnenstrahlen kitzeln meine Lider. Als ich blinzelnd die Augen aufschlage, dringt Tageslicht durch die angelehnten Fensterläden.

»Guten Morgen, Prinzessin«, raunt Ethan neben mir mit diesem wunderbar sonoren Timbre in der Stimme. Er hat den Kopf auf seinen angewinkelten Arm gestützt und sieht mich an.

Juste ciel! Dieses atemberaubend jugendliche Lächeln!

»Hast du gut geschlafen?«, erkundigt er sich und setzt einen weichen Kuss auf meine Schulter. Schon diese sachte Liebkosung lässt mein Herz schneller schlagen.

Ich nicke, wobei ich ein herzhaftes Gähnen unterdrücken muss. »Wie ein Murmeltier.«

Er grinst. »Ich wusste gar nicht, dass Murmeltiere so sexy sein können.«

»Ach nein?«, frage ich lachend. »Murmeltiere werden in der gesamten Tierwelt um ihre Sexyness beneidet. Das weiß doch jedes Kind.«

Ethans Lachen ist so ansteckend, dass ich neben ihm regelrecht durchgeschüttelt werde.

»Wie spät ist es eigentlich?«, frage ich noch immer grinsend und reibe mir die Augen.

»Gleich halb neun.«

»*Ô mon Dieu!* So spät schon?«

»Na ja, es war eine ereignisreiche Nacht, würde ich sagen. Ich glaube, wir waren beide ziemlich am Ende.«

Sein hintersinniges Lächeln lässt mich prompt erröten.

»Kein Grund, rot zu werden, meine süße Coralie. Nicht wegen dieser fantastischen Nacht, in der wir zusammen zu den Sternen geflogen sind.«

»Ja, das sind wir«, flüstere ich lächelnd.

Tatsächlich hatte ich noch nie im Leben auch nur ansatzweise so intensiven, ausgiebigen Sex wie in dieser magischen Nacht mit Ethan und ich habe mich noch nie einem Mann so nah und verbunden gefühlt wie ihm.

Dennoch rappele ich mich auf.

»Wo willst du hin, *Sweetheart*?«, fragt er und hält zärtlich meine Hand fest.

»Héloise war bestimmt schon mit dem Hund draußen. Ich muss los, bevor drüben alle wach sind. Ich will nicht, dass sie auf diese Weise von uns erfahren.«

Ethan nickt. »Ja, das verstehe ich.«

»Wir sehen uns nachher zum Frühstück, okay?«

Er zieht mich am Handgelenk zu sich heran, um mich noch einmal leidenschaftlich zu küssen.

»Ob ich es wohl so lange ohne dich aushalte?«, murmelt er und küsst mich noch einmal. »Nur zur Sicherheit. Besser ist besser.«

Ich lache. »Ja, besser ist besser. Ich glaube, ich habe jetzt schon Sehnsucht nach dir.«

Dann entlässt er mich aus seiner Umarmung und ich

klettere aus dem Bett.

❄ ❄ ❄

Der Himmel ist glöckchenklar, die Sonne scheint und es ist bitterkalt, als ich in Morgenmantel und Winterstiefeln aus der Haustür schlüpfe. Im Laufschritt eile ich durch den Garten. Zu spät bemerke ich Rosalie, die eingemummelt bis zur Nasenspitze in einem der breiten Korbsessel auf der überdachten Terrasse sitzt. *Zut!* Natürlich hat sie mich bereits entdeckt und ihr vorwurfsvoller Blick sagt mehr als tausend Worte.

»Was machst du denn um diese Zeit hier draußen?«, frage ich in einem jämmerlichen Versuch, meine Perplexität zu überspielen. »Ist das nicht viel zu kalt für dich?«

»Ich brauchte bloß einen Moment frische Luft wegen des elenden Sodbrennens«, erklärt sie schmallippig. »Morgens fühle ich mich wie ein gasgefüllter Luftballon. Die Frage ist allerdings eher, was du in Nachtwäsche hier draußen machst, Coralie.«

»Ich ...«

»Du hast die Nacht im Gärtnerhaus verbracht«, unterbricht sie mich und es ist keine Frage, sondern viel mehr ein Vorwurf. »Du hast mit ihm geschlafen, oder?«

Ich kräusele die Lippen.

Sie schüttelt bedeutungsvoll den Kopf. »Wusste ich es doch.« Ihre Stimme klingt, als hätte ich sie persönlich beleidigt.

»Ehrlich gesagt, weiß ich nicht, was dich das angeht«, fauche ich.

Rosalie steht auf und legt dabei demonstrativ die Hände auf ihren Bauch.

»Oh, ich finde, dass mich das sehr wohl etwas angeht, Coralie. Immerhin bist du meine Schwägerin und meine Freundin. Und du hast einen bezaubernden, steinreichen Partner, der noch dazu der beste Freund deines Bruders ist. Der beste Freund meines Mannes. Das wirft man nicht leichtfertig weg, Liebes. Nicht für so einen dahergelaufenen ...«

»Pass auf, was du sagst, Rosalie«, unterbreche ich sie scharf.

»Jules liebt dich. Er will dich heiraten. Vielleicht steckt Heiligabend schon ein lupenreiner Dreikaräter an deinem Ringfinger. Ihr werdet ein tolles Leben führen, zauberhafte Kinder haben und ...«

»Hör auf damit, Rosalie. Das mag dein Traum vom Glück sein. Und ich respektiere das und freue mich für dich und Félix. Aber vielleicht will ich das alles gar nicht. Nicht jetzt. Nicht mit Jules.« Ich bin selbst verblüfft von meinen Worten.

Rosalie klimpert empört mit den Wimpern und klappt den Mund auf und wieder zu wie ein Fisch, den man an Land gezogen hat. »Aber ...«

»Lass gut sein, Rosalie. Ich werde jetzt reingehen und mit Jules sprechen. Wir sehen uns dann beim Frühstück.«

»Aber ...«

Ich lasse sie einfach stehen und trete durch die Verandatür. Drinnen begegne ich nur Paul Bocuse, der wie ein Bettvorleger in der Tür zum großen Esszimmer liegt und bereits auf sein zweites Frühstück wartet. Er hebt bloß den Kopf, wagt es aber nicht, seinen Wachposten zu verlassen. Also steige ich aus meinen Stiefeln, schleiche mich die Treppe hinauf, wie ich sie heute Nacht hinuntergeschlichen bin, und schlüpfe lautlos in mein Zimmer.

Mein Smartphone liegt noch auf dem Schminktisch, wo ich es zurückgelassen habe. Sicher hat Jules aufgrund meiner ominösen Sprachnachricht gestern Abend mehrere Versuche unternommen, mich zurückzurufen. Mein Herz klopft und meine Hand ist schweißfeucht vor Gewissensbissen und Schuldgefühlen, als ich mich zwinge, das Gerät zur Hand zu nehmen und auf das Display zu schauen.

Doch Jules hat nicht angerufen. Bloß eine Textnachricht ist eingegangen. Erst heute Morgen, vor nicht einmal einer halben Stunde.

Salut mon trésor. Entschuldige, es ist später geworden gestern Abend. Ich wollte dich nicht mehr wecken. Ich rufe dich an.

Mon trésor, was für ein abgedroschenes Kosewort. Das ist nun mal Jules Art, aber heute fällt es mir ganz besonders auf. Obwohl er lieber E-Mails und Textnachrichten schickt, statt zu telefonieren, war er noch nie ein versierter, geistreicher Schreiber. Und erst recht kein Romantiker. Sein Stil ist ökonomisch knapp. Kein Wort zu viel, keine zärtliche Wendung.

Ich lege das Telefon zurück auf den Schminktisch und gehe ins Bad, um zu duschen. Das ist überhaupt das Allerbeste an diesem viel zu großen Anwesen. Man kann sich aus dem Weg gehen, wenn es nötig ist, und jeder hat sein eigenes Bad. Ich hänge meinen Morgenmantel an den Haken neben der Tür und streife mir das Seidennachthemd über den Kopf. Die Duftwolke, die mich dabei umfängt, lässt mich innehalten und meine Nase tief in die kühle Seide graben. Ich schließe die Augen und inhaliere den Duft wie eine Süchtige. Den unwiderstehlichen Duft, den meine Liebesnacht mit Ethan in den Seidenfasern hinterlassen hat. Da sind mein Shampoo und ein Hauch von *Poets of Berlin*, aber vor allem dieser sinnliche Cocktail aus Rosmarin-Schaumbad, Tabakrauch und Ethans würzigem Aftershave. Es riecht nach Leidenschaft, Sex und Liebe. *Liebe* – ich erschrecke selbst bei diesem Gedanken. Ist das nicht ein viel zu großes, zu gewaltiges Wort für ein bisschen Seelenverwandtschaft, ein paar glückliche Stunden, eine leidenschaftliche Nacht? Und doch habe ich kein anderes Wort dafür. Als ich das Negligé gegen meine Gewohnheit sorgfältig gefaltet über den Stummen Diener lege, wird mir bewusst, dass ich das nach einer Nacht mit Jules noch nie getan habe. Auch nicht am Anfang unserer Beziehung. Jules riecht nach Anis-Pfefferminz-Bonbons, CK One und sauberen Hemden. Immer schon.

Erst als ich unter die Dusche trete, spüre ich, wie wund ich bin. Während das wohlig warme Wasser wie feinperlender Tropenregen auf mich herab prasselt, sinne ich den Spuren nach, die Ethan auf und in meinem Körper hinterlassen hat. Wieder schließe ich die Augen, fahre mit der Zunge über meine wundgeküssten Lippen, erinnere mich an das Kitzeln seines Bartflaums und an das köstliche Gefühl seines Atems auf meiner erhitzten Haut. Ich meine seine kundigen Hände noch immer zu spüren, die mich streicheln, mich liebkosen und mir größte Lust bereiten.

Als ich die Augen wieder aufschlage, steht mein Entschluss fest. Ich weiß nicht, was aus Ethan und mir werden wird. Ich weiß nicht einmal, ob überhaupt etwas daraus werden wird. Aber die kurze Zeit mit Ethan hat mir vor Augen geführt, dass es so viel mehr gibt als das, was ich mit Jules habe. So viel mehr Intensität, so viel mehr Leidenschaft, so viel mehr Intuition und so viel mehr Wesensverwandtschaft. Ich kann Jules nicht heiraten. Nicht jetzt und sicher auch nicht in Zukunft. Ich muss mit ihm sprechen, ihm beichten, was passiert ist und ihm gestehen, was es mit mir angerichtet hat. Die Reue, die Schuld, die Gewissensbisse bereiten mir Magenschmerzen. Ich hasse mich selbst dafür, Jules so schändlich betrogen zu haben und ihm all das anzutun. Kurz vor Weihnachten und mit unserer Verlobung in greifbarer Nähe. Und doch war ich mir meiner Sache noch nie so sicher wie in diesem Moment. Seit damals beim Flaschendrehen habe ich das mit Jules und mir für mein vorherbestimmtes Schicksal gehalten, ein Leben an seiner Seite für die unumstößliche Konsequenz. Aber in Wirklichkeit muss es mehr geben als das.

❄ ❄ ❄

Mein Herz klopft bis zum Hals und mir ist speiübel, als ich auf den grünen Anrufen-Button unter Jules' Namen tippe.

»*La personne que vous essayez de joindre n'est pas disponible. Veuillez laisser votre message après le bip*«, sagt die weibliche Automatenstimme des Mobilfunkanbieters. *Merde!* Frustriert lasse ich das Smartphone wieder sinken. Natürlich kann ich ihm das, was ich zu sagen habe, unmöglich auf die Mailbox sprechen. Also ergoogele ich mir die Festnetznummer seines Hotels in Genf.

»Ich kann Ihnen nicht versprechen, dass Monsieur Laffargue momentan in seiner Suite ist, Mademoiselle Lacroix«, sagt der freundliche Rezeptionist. »Aber ich versuche, Sie zu verbinden.«

Ich wage kaum zu atmen, während ich warte. Der Freizeichenton dröhnt in meinem Schädel. Einmal, zweimal, dreimal. Dann wird abgehoben. Meine Kehle ist so trocken, dass ich im ersten Moment nichts sagen kann. Ich schlucke gegen den gewaltigen Kloß in meinem Hals an und gegen den Würgereflex.

»Hallo? Ist da die Rezeption? Hören Sie? Ich hatte eben angerufen, um die Paarmassage auf heute Nachmittag zu verschieben, aber wir wurden leider unterbrochen. Die Buchung lief auf den Namen Laffargue, Panorama Suite. Hallo?«

Ich kenne diese fröhlich hüpfende Mädchenstimme, die klingt wie aus einem Supermarkt-Werbespot. Sie gehört Emma Vigneau, Jules' Privatsekretärin.

Die Erkenntnis fühlt sich an wie ein heftiger, dumpfer Schlag gegen den Schädel, der einen völlig unvorbereitet trifft. So, als würde man ungebremst gegen eine spiegelglatte Glastür laufen, ohne im ersten Augenblick richtig realisieren zu können, was überhaupt geschehen ist. Der Aufprall setzt stauchende Kräfte frei, die im ganzen Körper als vibrierendes Gefühl spürbar sind. Konsterniert lege ich auf.

Vermutlich hätte mich die Tatsache, dass Jules mich mit seiner honigsüßen Sekretärin betrügt, noch gestern völlig aus der Bahn geworfen, mich möglicherweise sogar zu vollkommen irrationalen Weinkrämpfen oder Tobsuchtsanfällen veranlasst. Aber tatsächlich verspüre ich weder das Bedürfnis nach dem einen noch nach dem anderen. Ich fühle einfach nichts. Oder zumindest verblüffend wenig. Natürlich sind da Rudimente von Enttäuschung, Verletzung, Trauer und Wut. Aber kein überwältigender Schmerz. Ich bin nicht sicher, ob es bloß der Schock ist. Ob all die widerstreitenden Gefühle nicht doch noch über mich hereinbrechen werden, wenn ich mir der ganzen Tragweite der Situation bewusst werde. Aber im Augenblick verspüre ich vor allem eines: Erleichterung. Erleichterung darüber, die richtige Entscheidung getroffen zu haben. Mich gegen alle Konventionen, gegen die Moral und mein Gewissen für Ethan, für diese unvergessliche Nacht mit ihm entschieden zu haben. Für Erinnerungen und Empfindungen, die mir niemals jemand wieder nehmen kann.

Ich weiß nicht, ob ich dabei bin, den Verstand zu verlieren oder am Rande eines Nervenzusammenbruchs balanciere, als ich mir etwas Parfum ins Haar sprühe, in meine Ballerinas schlüpfe und geradezu beschwingt mein Zimmer verlasse.

Im ganzen Haus duftet es inzwischen nach ofenfrischen Croissants und frisch gebrühtem Kaffee. In der Küche ist Héloise dabei, Orangen für den Obstsalat zu filetieren, während im Radio der Wetterbericht läuft.

»Guten Morgen, Héloise«, sage ich und stibitze mir ein saftiges Orangenfilet.

»Du bist aber früh heute, mein Häschen. Komm und setz dich zu mir.« Sie lächelt ihr warmherziges Lächeln und macht eine einladende Handbewegung.

Ich weiß genau, dass Héloise von mir und Ethan weiß. Vermutlich wusste sie es sogar schon, bevor ich selbst es wusste. Héloise hat eine Art sechsten Sinn, ein untrügliches Gespür für Menschen und ihre Beziehungen zueinander und ganz besonders für mich. Das hatte sie schon immer. Natürlich würde sie niemals etwas sagen, mich erst recht nicht kompromittieren oder mich gar verurteilen. Stattdessen wartet sie geduldig darauf, dass ich von mir aus anfange, zu reden. So wie ich es schon als kleines Kind getan habe, wenn ich die Geheimniskrämerei nicht mehr ausgehalten habe und eine loyale Komplizin brauchte. Und wenn ich es nicht tue, ist es eben ein weiteres der vielen kleinen Geheimnisse, die wir über die Jahre stillschweigend miteinander geteilt haben.

Also nehme ich ein zweites Küchenmesser aus der Schublade und setze mich zu Héloise an den Küchentisch, um ihr mit dem Obstsalat zu helfen. Ich nehme mir die Pflaumen vor, halbiere und entkerne sie, wie Héloise es mir beigebracht hat.

»Nur bei uns hört ihr den besten Mix der besten Hits«, sagt die Stimme im Radio. *»Weiter geht es mit Feels Like*

Spiritual Kinship, der frisch gekürten Nummer-Eins-Single von Insomnia. Viel Spaß mit dem neuen Song der drei sexy Jungs von der Insel!«

Im nächsten Moment wage ich meinen Ohren nicht zu trauen. Die Pflaume fällt mir aus der Hand und rollt über den Küchenboden. Vielleicht bin ich doch übergeschnappt. Aber eine Verwechslung ist absolut ausgeschlossen. Das Gitarrenriff, das aus dem Küchenradio erklingt, ist ohne jeden Zweifel das grandiose Gitarrenriff aus Ethans Song. Mein erster Gedanke ist, dass er mir doch nur die Coverversion eines aktuellen Hits vorgespielt hat, doch dann höre ich die Stimme des Sängers. Ethans Stimme. Erst verletzlich, dann nölend, unverständlich nuschelnd, fiebrig, schroff, schreiend.

»Was ist denn plötzlich los mit dir, mein Häschen?«, erkundigt sich Héloise besorgt. »Du machst ja ein Gesicht, als hättest du einen Geist gesehen.«

»Das ist Ethan«, krächze ich. »Der Sänger im Radio. Das ist Ethan.«

Héloise runzelt die Stirn und sieht mich an, als hätte ich tatsächlich den Verstand verloren.

»Aber was soll er denn im Radio machen?«, fragt sie verständnislos.

»Ich bin mir ganz sicher«, bekräftige ich und höre selbst, wie schrill meine Stimme dabei klingt. »Das ist seine Stimme.«

Auch Héloise lässt ihr Küchenmesser sinken, um zu lauschen. »Möglich wäre es. Und was soll das zu bedeuten haben?«

»Ich habe keine Ahnung«, murmele ich und greife

nach meinem Smartphone.

Meine Fingerkuppe bebt vor Aufregung und ist außerdem feucht vom Pflaumensaft, sodass ich mehrere Anläufe brauche, bis die Musikerkennungs-App startet.

Feels Like Spiritual Kinship von *Insomnia* steht da. Darüber ist ein schwarzweißes Promo-Foto von drei jungen Männern zu sehen, die mit ungemachten Haaren und in abgerissenen Klamotten vor den beschmierten Wänden einer Schultoilette posieren. Der in der Mitte mit dem strähnigen blonden Haar, dem zarten Gesicht und dem verträumten Blick ist Ethan.

Wie in Trance klicke ich mich zum verlinkten Enzyklopädie-Eintrag weiter.

Insomnia ist eine britische Alternative-Rockband, die von Leadsänger und Gitarrist Ethan Caine und Bassist Bryan Mendes in London gegründet wurde. Der kometenhafte Erfolg ihres Debütalbums Good on you! machte Alternative Rock und Post Punk über Nacht populär. Insomnia gilt als Sprachrohr der krisengeschüttelten Generation Z.

Ich muss die kurze Einleitung mehrmals lesen, um es zu begreifen.

Willst du ein Autogramm? Du kennst mich wirklich nicht, oder Sweetheart?, schießen mir Ethans Fragen von jenem Abend im Park durch den Kopf. Ich sehe sein amüsiertes Lächeln noch ganz genau vor mir. Dann der Moment, als er den Radiosender gewechselt hat, die tuschelnden Mädchen auf dem Weihnachtsmarkt, das Feuerzeug mit dem Insomnia-Emblem. Wie konnte ich nur so grenzenlos naiv sein? Und warum zur Hölle hat er nichts gesagt? Uns alle in dem Glauben gelassen, er sei ein abgebrannter Straßenmusiker ohne Dach über dem Kopf? Ein bemitleidenswerter Herumtreiber, der auf Almosen und Kleiderspenden angewiesen ist?

Die Erkenntnis, dass Ethan mir gegenüber so unaufrichtig war, fühlt sich an wie ein vernichtender Stich in die Herzgegend. Noch vor einer halben Stunde war ich überrascht von meiner Emotionslosigkeit, als ich von der Sache mit Jules und Emma Vigneau erfahren habe. Doch mit der Emotionslosigkeit ist es mit einem Mal vorbei. Ethans Vertrauensbruch trifft mich ins Mark. Ich habe ihm rückhaltlos vertraut, mich ihm ganz und gar geöffnet, so viel aufs Spiel gesetzt. Und mich in ihn verliebt.

»Wo willst du hin, mein Häschen?«

Ich höre Héloises besorgte Stimme wie durch Watte. Ich habe gar nicht bemerkt, dass ich aufgestanden und zur Tür gegangen bin.

»Ich muss mit ihm reden«, höre ich mich selbst mit tonloser Stimme sagen.

Dass ich keine Jacke anhabe und meine Ballerinas schon beim ersten Schritt ins Freie von Schnee durchnässt werden, nehme ich kaum wahr.

Diesmal klopfe ich nicht an, sondern trete einfach über die Schwelle.

»Ethan?«

Ich mache mir nicht einmal die Mühe, mir den Schneematsch von den Füßen zu klopfen, ehe ich durch den engen Flur gehe und die Tür zum Erkerzimmer öffne. Doch Ethan ist nicht hier. Das schmale Eisenbett ist noch genauso zerwühlt, wie wir es zurückgelassen haben, und legt Zeugnis ab von einer leidenschaftlichen Liebesnacht. Von der Liebesnacht, von der ich mir immer erträumt habe, sie einmal in diesem Zimmer, in diesem Bett zu erleben.

Ethans kostbare Gitarre steht noch gegen das Bettgestell gelehnt. Auch der kleine Porzellanteller mit dem ausgedrückten Zigarettenstummel steht noch auf dem Nachttisch. Alles ist noch genau so wie vorhin und doch ganz anders.

Als ich näher trete, um die Kippe zu entsorgen, fällt mein Blick auf Ethans Smartphone, das wild blinkend auf dem Nachttisch liegt. Intuitiv greife ich danach. Ich habe nicht vor, auf diese Art in seine Privatsphäre einzudringen, aber ich werfe doch einen Blick auf den Sperrbildschirm.

Sechsundzwanzig Anrufe in Abwesenheit, vierzehn Textnachrichten. Fast alle stammen von einer gewissen Liz.

Konsterniert lege ich das Telefon an seinen Platz zurück. Ich höre mein eigenes Blut rauschen und habe ein schreckliches Fiepen in den Ohren.

»Was ist los, Coralie?«

Ich wirbele herum. Ethan ist in der Zimmertür hinter mir aufgetaucht. Seine Haare sind nass, ein Handtuch liegt um seine Schultern.

»Wer ist Liz? Und wer verdammt noch mal bist du, Ethan?«, fauche ich. »Nein, Moment – die Sache mit Liz geht mich überhaupt nichts an. Nur so viel: Ich will nicht, dass du sie mit mir betrügst.«

Sein Blick zuckt zu dem Telefon neben mir auf dem

Nachttisch. Dann fährt er sich mit der Hand durch sein nasses Haar. »Es ist nicht, wie du denkst, Coralie.«

»Ach nein? War es heute Nacht mit uns auch nicht, wie man denkt? Letztlich ist es doch immer, wie man denkt, Ethan.«

Er fährt sich mit der Zunge über die Lippen. »Du weißt es also?«

»Dass du ein weltberühmter Rockstar bist, der sich einfach mal zum Spaß als mittelloser Straßenmusiker ausgibt?«, frage ich gallig.

»Nicht nur so zum Spaß. Ich wollte dich nicht belügen, Coralie. Nicht dich und nicht deine Familie. Das musst du mir glauben. Aber als mich hier niemand erkannte, empfand ich das als Chance. Als Chance auf ein kleines bisschen Normalität. Als Chance, dich für mich zu gewinnen. Und zwar nicht als Ethan Caine, sondern einfach als der Kerl, der ich eigentlich bin.«

»Wie soll ich dir das glauben, Ethan? Wie soll ich dir je wieder glauben?«, frage ich und blinzele gegen die Tränen an, die sich in meinen Augen sammeln. Es sind Tränen der Wut und der Enttäuschung. »Ist überhaupt irgendetwas wahr von dem, was du mir erzählt hast?«

In diesem Moment klopft es an der Haustür und Félix kommt hereingestürmt, ohne eine Einladung abzuwarten.

»Wo bleibt ihr denn? Drüben ist die Hölle los. Die ganze Hofeinfahrt ist voller Teenies und Fotografen. Es sieht aus, als würden wir hier ein Festival ausrichten. Oder als hätten wir die Beatles versteckt. Es ist das absolute Chaos. Und da ist ein Koloss mit Knopf im Ohr und einem schwarzen S8, der aussieht wie ein Geheimagent von der CIA. Er behauptet, der Fahrer für Ethan Caine zu sein, und weigert sich trotz Strafandrohung hartnäckig, das Grundstück zu verlassen. Was haben Sie bloß ausgefressen, mein Freund?«

»Fuck!«, flucht Ethan. »Das ging viel schneller, als ich erwartet hatte.«

»Ich schätze, es ist höchste Zeit für eine Erklärung, Mister«, entgegnet Félix und verschränkt demonstrativ die Arme vor der Brust.

Ethan seufzt. Dann nickt er. »Ich fürchte, es gibt da ein paar Dinge, die ich euch verschwiegen habe.«

»Ich bin ganz Ohr.« Félix ist jetzt ganz in seinem aufgeblasenen Element.

Ethan tritt neben mich und greift nach seinem Smartphone. Dabei steigt mir erneut dieses betörende Duftgemisch nach Rosmarin, Tabakrauch und würzigem Aftershave in die Nase.

Er wischt über das Display und hält uns den Aufmacher irgendeiner Gossip-Seite unter die Nase.

Insomnia-Sänger Ethan Caine nach Konzert abgetaucht! Winterlicher Liebesurlaub in Bordeaux!, steht da in fetten pinkfarbenen Lettern. Darunter ist ein etwas unscharfes, herzförmig eingefasstes Foto zu sehen, das Ethan und mich auf dem Weihnachtsmarkt beim Karussellfahren zeigt. Es ist ausgerechnet der Moment eingefangen, als Ethan mir seine Niniche reicht. Daher sieht es so aus, als würden wir auf unseren Pferdchen Händchen halten. Sehr romantisch, sehr verliebt – ein echter Schnappschuss.

»Ich habe es selbst erst vor zehn Minuten gesehen«, sagt Ethan. »Das Foto geistert aber scheinbar schon seit gestern Abend durch die sozialen Netzwerke. Es war nur eine Frage der Zeit, bis die Meute rauskriegt, wer du bist und wo ich mich aufhalte. Das hätte nicht passieren dürfen. Es tut mir furchtbar leid, Coralie.«

»Das glaube ich dir sogar«, entgegne ich kühl. »Du wolltest sicher nicht, dass dein kleiner Schwindel und die Sex-Geschichte mit diesem französischen Groupie so medienwirksam auffliegen.«

»Die Sex-Geschichte mit diesem französischen Groupie?«, wiederholt er stirnrunzelnd. »Habe ich dir etwa das Gefühl gegeben, dass es das für mich war?«

Ich zucke mit den Achseln. »Nein. Aber jetzt fühlt es sich so an, Ethan.«

Er seufzt und fährt sich mit beiden Händen durchs Haar. »Ich weiß nicht, was ich sagen soll, Coralie. Ich wünschte, die Dinge wären anders gelaufen.«

Ich zwinge mich zu einem traurigen Lächeln. »Ja, das wünschte ich auch.«

Er öffnet den Mund, um etwas zu erwidern, als von der Hofeinfahrt her Sprechchöre von Mädchenstimmen herüberdringen, die *Ethan! Ethan!* kreischen.

»Ich schätze, du solltest deine Fans und deinen Fahrer nicht länger warten lassen«, sage ich mit tonloser Stimme und einem riesigen Kloß im Hals.

»Du willst, dass ich gehe?« Die jungenhafte Unsicherheit in seinem Blick will so gar nicht zu einem weltbekannten Rockstar passen.

»Was solltest du wohl sonst tun, Ethan?«, frage ich

mit Tränen in den Augen.

Er blinzelt. »Hör zu, Coralie. Es war nie meine Absicht, dich zu verletzen. Das musst du mir glauben. Wir könnten uns wiedersehen, ich könnte ...«

»Hör auf damit, Ethan«, falle ich ihm ins Wort. »Ich bin keines deiner Groupies, das hier sitzt und auf den Tag wartet, an dem du wieder einmal in der Stadt bist und dich zu einem kurzen Stelldichein herablässt. Lass es uns bei dem belassen, was es war. Eine kleine Flucht aus dem Alltag, für beide von uns.«

»Wenn das so ist«, entgegnet Ethan mit tonloser Stimme, »sollte ich jetzt wohl gehen.«

»Ja, ich denke, so ist es«, flüstere ich.

Und dann verschwindet Ethan Caine so unverhofft und plötzlich aus meinem Leben, wie er darin aufgetaucht ist. Es ist schon seltsam, wie unbeschreiblich schön ein Mensch sein kann, der zur Tür hinausgeht.

22. Dezember

Jedes Mal, wenn ich die Augen schließe, sehe ich die gleiche Szene vor mir. Ethan, der in geduckter Haltung und wie im Schwitzkasten eines hünenhaften Personenschützers in Papas Parka mit hochgeschlagener Kapuze und einer nerdigen Sonnenbrille mit breitem rotem Kunststoffrahmen auf der Nase über den Hof eilt und im Fond der schwarzen Audi-Limousine mit den getönten Scheiben verschwindet, ohne mich oder seine Fans nur eines Blickes zu würdigen. Die Tür wird zugeknallt, der Motor heult auf. Begleitet von Blitzlichtgewitter und kreischenden Mädchen jagt der Wagen davon. Es ist eine Szene wie aus einem Film. Unwirklich und surreal.

Genauso unwirklich und surreal wie alles, was in den letzten Tagen geschehen ist. Meine Begegnung mit Ethan im nächtlichen Park, der Weihnachtsmarktbesuch, unsere unvergessliche Liebesnacht und dann der Schock. Wie können das Schöne und das Grausame, das größte Glück und die größte Enttäuschung nur so nah beieinanderliegen? Wie kann eine so kurze Zeitspanne, wie kann eine einzige Nacht so unvorstellbar viel verändern? Mein wohlgeordnetes Leben, das gerade dabei war, auf seinen vorläufigen Höhepunkt zuzusteuern, auf ein ganz und gar bourgeoises Glück im Hafen der Ehe mit einem millionenschweren Bankier und einer gemeinsamen Traumwohnung an der Rue de Passy im noblen 16. Arrondissement von Paris liegt in Scherben. Natürlich kann Ethan nichts dafür, dass Jules mich betrügt. Bloß hätte ich es ohne meinen eigenen Fehltritt nicht erfahren. Und irgendwie fühlt es sich an, als hätte mein Treuebruch die Geschehnisse erst in Gang gesetzt, als sei es die Strafe für mein Vergehen. Ich sollte froh und erleichtert sein, gerade noch rechtzeitig aufgewacht zu sein, diesen riesigen Fehler nicht begangen zu haben, einem Mann das Ja-Wort zu geben, der mich mit dem Verlobungsring noch in der Tasche schon jetzt betrügt. Und doch ist da dieses gewaltige Loch. Die schwarze Leere, die mich zu verschlucken und in ihren gähnenden Abgrund zu ziehen droht. Mit Jules war das Leben auf eine unspektakuläre, gediegene Weise angenehm. Mit Ethan durfte ich für kurze, kostbare Augenblicke erfahren, wie überwältigend intensiv und betörend schön es sein kann. Und nun habe ich beides verloren. Ethan hat mich ohne mein Wissen zu seinem Groupie gemacht; zu einer seiner unbedeutenden Rockstar-Eroberungen, von denen er auf einer Tournee vermutlich Dutzende macht. Zu einer dieser bemitleidenswerten Frauen, die nach nur einer einzigen Nacht mit ihrem vergötterten Idol in ihrer grenzenlosen Naivität von einer gemeinsamen Zukunft fantasieren, die in diesem grausamen Spiel um Sex, Macht und Selbstbestätigung nie auch nur für einen Augenblick vorgesehen war. Ich wollte nie eines dieser bedauernswerten Geschöpfe werden, bin es auch als Teenager nie gewesen, nur um jetzt dazu degradiert zu werden von diesem Mann, in den ich mich Hals über Kopf verliebt habe. Wie sie bin ich einer Illusion aufgesessen, einer Utopie, die zu schön war, um wahr zu sein.

Ein zaghaftes Klopfen an meiner Zimmertür reißt mich aus meinen trüben Gedanken, ehe Maman den Kopf zur Tür hereinsteckt.

»Héloise hat gebratenes Hühnchen à la Bordelaise für dich gemacht, mit extra vielen Artischocken. Das isst du doch so gern. Du solltest runterkommen und eine Kleinigkeit essen, Schatz.«

»Ich habe keinen Hunger, Maman.«

»Aber du hast seit gestern nichts gegessen, Schatz.«

»Ich habe wirklich keinen Appetit, Maman«, wiederhole ich. »Ich bekomme einfach nichts hinunter.«

❄ ❄ ❄

Es ist fast Mitternacht, als mich Magenschmerzen und quälende Schlaflosigkeit aus dem Bett treiben. Ich habe tatsächlich zwei Tage im Bett verbracht und die Decke angestarrt. Doch statt mich vom Nichtstun erholt zu fühlen, schmerzen sämtliche Glieder, als hätte ich mir eine heftige Grippe eingefangen. Ich friere und fühle mich jämmerlich. Als wäre ich in den letzten Stunden rasant gealtert, schlurfe ich zur Tür und humpele die Treppe hinunter. Zum Glück ist es bereits ganz dunkel und still im Haus, sodass ich nicht Gefahr laufe, jemandem zu begegnen.

Ich schleiche mich in die Küche und stelle einen kleinen Topf auf den Herd, um mir eine heiße Milch mit

Honig zu machen. Während ich darauf warte, dass die Milch heiß wird, schneide ich mir eine Scheibe von Héloises Honigkuchen ab. Ihr Pain d'épices mit viel Ingwer und weihnachtlichen Gewürzen ist beinahe so etwas wie Medizin und scheint mir das Einzige zu sein, das ich im Augenblick hinunter bekomme.

»Ich mache in diesem Haus seit dreißig Jahren heiße Milch mit Honig, mein Häschen. Willst du, dass ich auf meine alten Tage noch arbeitslos werde?«

Ich wirbele herum und lasse beinahe den Teller mit dem Honigkuchen fallen. Héloise steht in der Küchentür und hat die Hände vorwurfsvoll in die Hüften gestützt. Sie trägt ihren buntgemusterten Bademantel, den sie schon ewig hat, und ihre Körpermitte noch ausladender erscheinen lässt.

»Hast du mich erschreckt, Héloise«, sage ich und fasse mir ans Herz.

»Setz dich an den Küchentisch«, kommandiert sie resolut.

Ich nicke gehorsam und tue wie mir geheißen.

Sie tritt an den Herd und würzt die Milch mit Zimt und Kurkuma, ehe sie den kleinen Kupfertopf von der Herdplatte zieht und den Inhalt in eines von Mamans nostalgischen Teegläsern gießt. Dann rührt sie einen großen Löffel Lavendelhonig in die Milch und reicht mir das Glas. Honig und Kurkuma verleihen der Milch eine goldene Färbung und sie duftet himmlisch.

»*Merci*«, flüstere ich und wärme meine Hände an dem heißen Glas, während Héloise sich zu mir setzt.

»Und jetzt erzähl der alten Héloise endlich, was du

auf dem Herzen hast, mein Häschen. Wenn du sogar mein Poulet sauté à la Bordelaise verschmähst, muss es schlimmer sein, als ich angenommen habe.«

Und dann erzähle ich ihr alles. Von Ethans magischer Anziehungskraft, dem geradezu unvermeidlichen Seitensprung, den schrecklichen Gewissensbissen und meinem Anruf bei Jules.

»Ich weiß, dass ich es nicht besser verdient habe«, ende ich schluchzend.

»Doch, das hast du, mein Häschen.«

»Du verurteilst mich nicht?«, frage ich stirnrunzelnd.

»Habe ich das denn jemals?« Sie tätschelt meine Hand. »Aber es ist nicht Monsieur Laffargue, wegen dem du nicht essen und nicht schlafen kannst und nachts um halb eins weinend hier bei mir in der Küche sitzt.«

Ich ziehe sehr undamenhaft die Nase hoch und sehe sie durch tränenverschleierte Augen an.

»Du weinst wegen des jungen Engländers, weil du ihn fortgejagt hast. Du warst der Meinung, du hättest Strafe verdient und hast dich deshalb selbst bestraft, bevor es jemand anders tun konnte. Und jetzt bereust du deine voreilige Entscheidung.«

»Aber er war nicht ehrlich zu mir, Héloise. Er hat mir verschwiegen, wer er wirklich ist. Vermutlich hat er haufenweise Geliebte in London und sonst wo auf der Welt.«

»Das kann ich nicht beurteilen, mein Häschen. Aber ich weiß so einiges über die Liebe. Und ich erkenne sie, wenn ich sie sehe. So wie mit diesem Engländer habe ich dich mit Monsieur Laffargue noch nie gesehen. Das ist eine Tatsache, mein Schatz.«

Das aus Héloises Mund zu hören ist doppelt bitter, denn es spiegelt mein eigenes Empfinden.

»Aber jetzt ist es zu spät. Er ist fort«, entgegne ich und wische mir trotzig die Tränen von den Wangen. »Ich habe meine Quittung bekommen und die Konsequenzen gezogen. Ist es nicht das, was man ausgleichende Gerechtigkeit nennt?«

Héloise lächelt auf diese wissende Weise. »Bloß hat die Liebe selten etwas mit Gerechtigkeit zu tun, mein Häschen. Sie ist eine Sache des Herzens und auf das allein solltest du hören. Und jetzt iss deinen Honigkuchen und trink deine Milch. Morgen wenn die Sonne aufgeht, sieht die Welt schon wieder ein kleines bisschen anders aus.«

23. Dezember

Natürlich sieht die Welt am nächsten Morgen nicht wirklich anders aus. Nicht grundlegend anders jedenfalls. Aber ein paar Stunden Schlaf, der blaue Himmel und die strahlende Dezembersonne sorgen immerhin dafür, dass ich die nötige Kraft finde, aufzustehen und den Tatsachen ins Auge zu sehen. Ich atme tief durch, ehe ich mein Handy einschalte, das ich unmittelbar nach meinem Anruf in Genf abgeschaltet habe. Erwartungsgemäß hat Jules unzählige Versuche unternommen, mich zurückzurufen, nachdem er begriffen hat, dass es nicht die Hotelrezeption war, mit der Emma ihr sehr einseitiges Telefonat geführt hat.

Bitte geh ran, Coralie. Ich kann dir alles erklären, lautet die neueste Textnachricht, die auf meinem Telefondisplay aufploppt.

Und dann gehe ich tatsächlich ran. Natürlich versucht es Jules zuerst mit einer ebenso fadenscheinigen wie holprigen Lügengeschichte, die er sich mit oder ohne Emmas Hilfe zurechtgelegt hat. Er faselt etwas von einer vergessenen Akte, die ihm Emma unbedingt ins Hotel bringen musste, und davon, dass sie wegen des schlechten Wetters in Genf gestrandet sei. Aber ich höre gar nicht richtig zu. Jules' aufgeregt dahingeplapperten

Worte rauschen förmlich an mir vorüber wie die undeutlichen Durchsagen am Bahnsteig und ich mache mir kaum die Mühe, ihnen vollumfänglich habhaft zu werden. Eigentlich sollte es mich wohl wütend machen oder wenigstens enttäuschen, dass er, wenn er schon meint, mich anlügen zu müssen, nicht mehr zustande bringt als diese fantasielose Räuberpistole. Immerhin hatte er doch inzwischen ausreichend Zeit, sich etwas halbwegs Glaubhaftes auszudenken. Aber ich empfinde weder das eine noch das andere. Was ich spüre, ist eine geradezu beängstigende Gleichgültigkeit. So, als stünde ich unter Drogen oder starken Beruhigungsmitteln. Wie schon in dem Moment, als Emma ans Telefon ging, ist da vor allem ein unspezifisches Gefühl der Erleichterung.

»Mach dir keine Mühe, Jules«, höre ich mich selbst sagen. »Du hast mit deiner Sekretärin geschlafen und auch ich habe dich betrogen.«

»Du hast was?« Plötzlich klingt Jules' weinerlich kleinlaute Stimme komplett verändert. »Mit wem, verdammt noch mal?«

Von einer Sekunde auf die andere ist er vom Verteidigungs- in den Angriffsmodus übergegangen.

»Spielt das eine Rolle, Jules? Du kennst ihn ohnehin nicht.«

»Ob das eine Rolle spielt?«, poltert er. »Ich kann nicht glauben, was für ein Gespräch wir gerade führen, Coralie! Findest du nicht, dass ich zumindest ein Recht darauf habe, zu erfahren, von wem sich meine Freundin vögeln lässt? Sag schon! Für wen machst du die Beine breit? Wie lange geht das schon, Coralie?«

Ich habe mit Vielem gerechnet, aber nicht mit dem Feuerwerk an Vorwürfen, Unterstellungen und Beleidigungen, das im nächsten Moment auf mich niedergeht. Jules beschimpft mich als Flittchen, als Hure und Schlimmeres. Es sind Worte, die ich noch nie zuvor aus seinem Mund gehört habe. In seiner Rage wirft er mir an den Kopf, dass das mit Emma Vigneau schon seit beinahe einem Jahr geht und dass er den Gedanken an die Ehe mit mir nur ihretwegen habe ertragen können.

»Ich hatte nicht angenommen, dass du es mir so leicht machen würdest, Jules«, sage ich kühl.

»Was mache ich dir leicht?«, blafft er.

»Das Lebewohl«, entgegne ich ruhig. Und dann trenne ich mich von Jules. Am Telefon. Einfach so. Ohne eine einzige Träne zu vergießen.

❄ ❄ ❄

Ich bin nicht sicher, wie lange ich so dastehe und auf das ausgeschaltete Smartphone in meiner Hand starre. Ich warte auf eine körperliche Reaktion, irgendeine emotionale Regung, die mit einer gewissen Zeitverzögerung einsetzt. Aber da ist nichts. Keine Tränen, kein Zorn, keine Raserei. Nicht wegen Jules. An Ethan dagegen muss ich nur denken, damit mir brennende Tränen in die Augen steigen, nur seinen Namen aussprechen, damit mir die Stimme versagt. Was zum Teufel hat dieser Kerl mit mir angestellt? Wie können ein paar Stunden, ein paar Zärtlichkeiten, eine einzige Nacht so viel schwerer wiegen als alles, was ich mit Jules hatte? Ist das nicht zutiefst unmoralisch, ungerecht, herzlos? *Bloß hat die Liebe selten etwas mit Gerechtigkeit zu tun, mein Häschen. Sie ist eine Sache des Herzens und auf das allein solltest du hören,* gehen mir Héloises Worte durch den Kopf.

Nach meinem Telefonat mit Jules fühle ich mich seltsam leer und zugleich für alles gewappnet. Ich habe quasi im Handstreich meine langjährige Beziehung beendet und auch noch den Mann davongejagt, für den ich mehr empfinde, als ich mir jemals hätte ausmalen können. Ohne eine Telefonnummer, ohne eine Adresse, ohne die Aussicht, ihn jemals wiederzusehen. Was sollte mir die Konfrontation mit meiner Familie da noch anhaben können? Also begebe ich mich in die Schlangengrube und erscheine zum gemeinsamen Frühstück.

Alle sitzen bereits am Tisch, doch die angeregte Unterhaltung verstummt augenblicklich, als ich das Esszimmer betrete.

»Na, auferstanden von den Toten?« Félix grinst schief, während Maman ihm einen vernichtenden Blick zuwirft.

»Du liebe Güte, Coralie. Du siehst ja erbärmlich aus, Schatz«, sagt sie in der ihr eigenen Mischung aus Theatralik und ernstgemeintem Mitgefühl. »Komm, setz dich zu mir und trink erst einmal eine schöne Schale Milchkaffee.«

Ich folge ihrer Aufforderung, aber den Kaffee rühre ich nicht an.

»Dein vermeintlicher Straßenmusikant hat bei seinem Abgang ja für mächtigen Wirbel gesorgt. Eine ganze Seite im Boulevard-Teil.« Papa hält die Tageszeitung hoch. Unter der Schlagzeile **Weltstar weilte inkognito in Floirac** ist die Szene zu sehen, die sich mir in die Netzhaut gebrannt hat und jedes Mal aufblitzt, wenn ich die Augen schließe. Ethan in geduckter Haltung, mit hochgeschlagener Kapuze und der seltsamen roten Sonnenbrille, kurz bevor er von seinem Bodyguard auf die Rückbank der Limousine geschoben wird.

»Für so einen Aufmacher müssen wir bei unseren Weinfesten, Charity-Veranstaltungen und Branchenmessen ganz schön tief in die Tasche greifen«, fügt Papa frotzelnd hinzu.

»Unser Nesthäkchen kann froh sein, dass sie nicht das Pärchenfoto vom Weihnachtsmarkt veröffentlicht haben«, meint Félix polemisch. »Sonst hätte sie Jules jetzt noch mehr zu erklären.«

»Ich habe mich von Jules getrennt«, platze ich heraus.

Ich hatte mir vorgenommen, diplomatischer vorzugehen und ihnen die Neuigkeit schonender beizubringen, aber nun ist es eben raus.

Für einen Augenblick ist es mucksmäuschenstill am Tisch.

Rosalie öffnet und schließt den Mund mehrmals hintereinander und erinnert mich mit ihrer Schnappatmung erneut an einen Fisch, den man ans Ufer gezogen hat.

»Ich denke, du bist einfach ein bisschen überspannt, Liebes«, zwitschert Maman, die als Erstes ihre Stimme wiederfindet, und tätschelt meine Hand, als wäre ich nicht ganz bei Verstand. »Das war alles etwas zu viel in den letzten Tagen. Du brauchst einfach ein wenig Abstand, etwas Ruhe über die Feiertage, dann wird sich schon alles wieder einrenken …«

»Hör auf damit, Maman«, falle ich ihr ins Wort und entziehe ihr meine Hand. »Ich habe mit Ethan geschlafen und Jules betrügt mich mit seiner Sekretärin. Seit einem Jahr schon.«

»Coralie!«, keucht Maman, als hätte ich etwas schrecklich Unanständiges gesagt.

»Ich denke nicht, dass du behaupten willst, dass das eine gute Basis für eine Beziehung ist oder gar das Fundament für eine Ehe«, entgegne ich kühl.

Jetzt ist es Maman, die mit den Wimpern klimpert und nach Luft schnappt.

»Man könnte sich ganz sportlich auf ein Unentschieden einigen«, schlägt mein Bruder flapsig vor.

»Félix!«, zischt Rosalie empört und knufft ihn in die Seite. »Wie kannst du nur so etwas Geschmackloses sagen?«

»Du solltest dich wirklich schämen, Félix«, pflichtet ihr Maman bei und greift schon wieder nach meiner Hand. »Mein armes, armes Mädchen.«

»Ich konnte den Schnösel noch nie leiden«, mischt sich Opa vom Kopf der Tafel aus ein. »Zu Félix passte er, dieser aufgeblasene Bankiersspross, aber nicht zu meiner kleinen Coralie.«

Jetzt ist es Opa, der die empörten Blicke kassiert.

»Das ist wirklich nicht fair, Opa«, echauffiert sich Félix. »Egal, was sie tut, Coralie ist und bleibt dein Augenstern, während ich mich für die Firma aufopfere und immer nur deinen Spott ernte. Dank mir und Jules geht es weiter mit der Lacroix-Weinhandelsgesellschaft und dem Bankhaus Laffargue. Auf unseren Schultern lastet Verantwortung. Ich rackere mich tagtäglich ab für die Familie, für das Unternehmen, während sich mein liebes Schwesterlein von der Muse küssen lässt und von irgendwelchen Rockstars noch dazu.«

»Felix!«, zischt Maman abermals. »Jetzt ist es aber genug.«

»Aber es ist doch wahr, Maman. Papa, sag doch auch endlich mal etwas dazu.«

»Deine Schwester ist alt genug, um zu wissen, was sie tut, Félix. Immerhin hat deine Mutter noch nicht die halbe Gironde ins Grand Hotel zur Verlobungsfeier eingeladen. Das spart Geld und Nerven. Ist eigentlich noch etwas von Héloises wunderbarer Confiture de lait da?«

»Oh, Bernard. Manchmal ist dein Pragmatismus wirklich eine Zumutung«, seufzt Maman und schüttelt missbilligend den Kopf. »Siehst du nicht, wie deine Tochter leidet? Und das alles vor Weihnachten. Dabei hätte es ein so wunderbares Fest werden sollen. Die Verlobung und die Vorfreude auf das Baby.« Sie fasst sich theatralisch ans Herz. »Was für eine Tragödie. Meine armen Nerven. Und alles, was dir durch den Kopf geht, ist Confiture de lait?«

»Tut mir leid«, murmelt Rosalie und hält sich die Serviette vor den Mund, ehe sie eilig das Zimmer verlässt.

»Confiture de lait ist offenbar auch so ein Reizwort«, kommentiert Félix trocken und zuckt mit den Achseln.

Paul Bocuse bellt zustimmend unter dem Tisch, als wäre es auch für ihn ein Reizwort, wenn auch ein sehr köstliches.

»Jetzt kann wohl nur noch ein Weihnachtswunder helfen«, sagt Maman seufzend und steht auf, um sich an der Hausbar einen Cognac zu genehmigen.

❄ ❄ ❄

Nach dem Frühstück tut meine schrecklich bourgeoise Familie, was sie immer tut, wenn etwas Unvorhergesehenes geschehen ist. Alle erlangen mit erstaunlicher Geschwindigkeit ihre großbürgerliche Contenance zurück und gehen demonstrativ zum Tagesgeschehen über. Der Vorteil an einer Familie voller Egozentriker ist der, dass man nie besonders lange im Mittelpunkt steht, ganz egal, was vorgefallen ist. Félix hat eine wichtige Videokonferenz, Rosalie ist unpässlich, Opa hat einen steifen Nacken und Paul Bocuse Flatulenzen vom Hühnchen à la Bordelaise. Papa zieht sich in sein Arbeitszimmer zurück, um die Weihnachtskorrespondenz zu erledigen, und Maman verfällt in hektische Betriebsamkeit, indem sie sich mit Feuereifer in die Deko-Vorbereitungen flüchtet.

Insofern ist alles auf äußerst bizarre Art beim Alten, obwohl im Grunde nichts ist wie zuvor. Und auch ich funktioniere irgendwie. Ich helfe Maman beim Aufstellen der Kerzen und Anbringen der Girlanden am Kamin. Aber ich fühle nichts dabei. Es ist, als wäre ich ein Zuschauer in meinem eigenen Leben, ein unbeteiligter Zaungast oder mehr noch ein Schauspieler, der eine lange einstudierte, gut geprobte, aber viel zu oft gespielte Rolle spielt. Einen Part, den er zwar mit traumwandlerischer Sicherheit beherrscht, an dem er aber längst das Interesse verloren hat. Vielleicht bin ich auch wie eine dieser Figuren in Horrorfilmen; eine seelenlose Hülle, die aussieht und agiert, wie man es von der Person erwartet, die sie einmal war, obwohl längst eine fremde Macht von ihr Besitz ergriffen hat.

Ich bemühe mich nach Kräften, nicht an Ethan zu denken, aber es gelingt mir kaum ein paar Minuten lang. Wie kann jemand, mit dem einem nur so wenig Zeit vergönnt war, so omnipräsent sein? Wo ich auch hingehe, haben die kostbaren Momente mit ihm ihre Spuren hinterlassen. Ich sehe uns in der Küche Traubensaft trinken und händchenhaltend durch den Garten spazieren. Als ich Maman in den Keller begleite, um die Weihnachtskrippe zu holen, erinnere ich mich daran, wie Ethan mich rücklings gegen die kalte Kellerwand geschoben hat, um mich voller Hingabe zu küssen, als wir die Kartons mit den roten Kugeln fürs Girlandenflechten holen sollten. Die Erinnerung ist so lebendig, dass ich meine, seine Lippen noch auf meinen zu spüren, seinen Atem auf meiner Haut und seine Hände in meinem Haar, die meine schneefeuchte Baskenmütze gerichtet haben, nachdem unser stürmischer Kuss meine Frisur in Unordnung gebracht hatte.

Good heavens! Ist dir eigentlich klar, wie verführerisch du mit dieser Baskenmütze aussiehst?, höre ich Ethan in mein Ohr wispern und ich bekomme Gänsehaut, als ich seine Finger noch einmal durch mein Haar streichen spüre.

Ich lasse mich auf die Kellertreppe sinken, während Maman in ihren deckenhohen Deko-Regalen nach dem

Karton mit der Krippe sucht.

»Na also, da ist sie ja«, ruft sie erfreut aus und sieht sich suchend nach mir um, damit ich ihr mit dem schweren Karton helfe.

»Ist alles in Ordnung, Schatz?«, fragt sie besorgt. »Nein, das ist eine törichte Frage. Natürlich ist nichts in Ordnung.«

Sie setzt sich zu mir auf die kalten Treppenstufen.

»Es bricht mir das Herz, dich so traurig zu sehen, mein Schatz«, sagt sie und streicht mir eine Haarsträhne hinters Ohr. »Aber es muss nicht so endgültig sein, wie es sich im Augenblick anfühlt. Eine Beziehung kann auch solche Stürme überstehen. Jede Ehe basiert im Grunde auf Toleranz, Vergebung und Kompromissen. Je eher man das begreift, desto besser, Liebes. Und Sekretärinnen sind nun mal der Klassiker. Sie sind ein lästiges Übel, aber selten eine ernste Bedrohung. Dein Vater zum Beispiel ...«

»Hörst du dir eigentlich selbst zu, Maman?«, falle ich ihr ins Wort. »Du willst mir tatsächlich immer noch zu einer Ehe mit Jules raten?«

»Ich sehe einfach, wie sehr du leidest, mein Schatz. Und wenn sich die Wogen erst geglättet haben und ihr beide ...«

»Aber es geht hier doch nicht um Jules«, unterbreche ich sie erneut.

Sie sieht mich verwirrt an. »Ich fürchte, ich kann dir nicht ganz folgen, Coralie.« Dann entgleiten ihr sämtliche Gesichtszüge. »Du lieber Himmel. Du grämst dich gar nicht wegen Jules. Es ist alles wegen des Engländers.«

»Ich habe mich in Ethan verliebt, Maman«, gestehe ich mit brüchiger Stimme. »So heftig und rettungslos, wie noch nie zuvor. Und jetzt ist er fort. In London mit einer Frau namens Liz.«

»Oh, Coralie«, haucht sie und nimmt mich in den Arm. »Ich hatte ja keine Ahnung, mein armes süßes Mädchen.«

❄ ❄ ❄

An diesem Abend gehen Maman und ich zusammen mit Paul Bocuse spazieren. Den gleichen Weg, den ich Sonntagabend genommen habe. Ein paar schicksalhafte Tage, in denen sich mein Leben komplett verändert hat. Die Bäume im Park tragen noch immer ihr weißes Festtagsgewand, der Himmel ist sternenklar und in der nachtschwarzen Garonne spiegelt sich der weihnachtliche Lichterglanz der Stadt, als wir die kleine Anhöhe erklimmen und nach Bordeaux hinüberschauen. Es ist ein festlicher Anblick und in der kühlen Nachtluft liegt der feine, unverwechselbare Winterduft von Schnee, Kaminfeuer und heißen Maroni. Dieser Ort und dieser Geruch sind mit so vielen schönen Erinnerungen verknüpft, doch heute vermögen sie mich nicht zu trösten. Im Gegenteil. Ich habe mich noch nie so einsam und verloren gefühlt und mir hat noch nie so sehr vor Weihnachten gegraut wie heute.

»Es tut mir leid, dass ich dich nicht besser verstanden habe, mein Schatz«, sagt Maman leise und streichelt meinen Rücken. »Ich habe immer gedacht, das mit dir und Jules sei so wie das mit Papa und mir. Irgendwie selbstverständlich. Aber du hast vollkommen recht, wenn du all diese Kompromisse nicht eingehen willst. Du bist stärker als ich und leidenschaftlicher. Du willst mehr und du verdienst mehr, Coralie. Und ich bin mir ganz sicher, dass du es auch bekommen wirst.«

»Danke, Maman«, flüstere ich und hoffe, dass sie im Dämmerlicht die Tränen nicht erkennen kann, die in meinen Augen glitzern.

Auf dem Rückweg kommen wir am zugefrorenen Ententeich vorbei und an den Parkbänken bei der alten Trauerweide. Sie sind zentimeterhoch mit Schnee bedeckt und verwaist. Mir ist schon wieder nach Weinen zumute. Erst jetzt fällt mir das Foto wieder ein, das ich mit meiner Leica von Ethan gemacht habe, noch bevor er aufwachte, bevor wir uns kennenlernten. Vermutlich ist auf dem abendlichen Schnappschuss kaum etwas zu erkennen, denn eine gute Nachtaufnahme mit Opas M3 hätte viel mehr Zeit und Vorbereitung benötigt. Und doch ist es alles, was ich habe, alles, was mir geblieben ist.

❄ ❄ ❄

Als wir nach Hause kommen, hole ich die Leica aus meinem Zimmer und gehe damit ins Gärtnerhaus. Zwar ist erst der halbe Film belichtet, aber ich kann es nicht mehr abwarten, das Ergebnis meines Porträts von Ethan in den Händen zu halten. Es ist das einzige greifbare Zeugnis meiner Zeit mit ihm, die einzige haptische Bestätigung für meine Erinnerung. Also drehe ich den Rückspulknopf, bis der Film in die Patrone zurückgespult ist, und nehme sie aus der Kamera. In der ehemaligen Vorratskammer habe ich mir schon als Schülerin eine kleine Dunkelkammer und ein provisorisches Fotolabor eingerichtet, das seit Jahren nicht mehr benutzt wurde. In Paris habe ich professionelleres Equipment und arbeite außerdem häufig digital. Trotzdem ist noch alles da, was man zum Entwickeln eines Films und zum anschließenden Anfertigen eines Abzugs braucht. Von jeher übt die Arbeit in der Dunkelkammer eine besondere Faszination auf mich aus. Dem Entstehungsprozess, der Bildwerdung einer Fotografie beizuwohnen, sie mit den verschiedenen Chemikalien wie ein Alchemist zum Leben zu erwecken, ist jedes Mal aufs Neue ein schöpferischer, geradezu magischer Akt.

Ich schließe die Tür hinter mir und lösche das Licht. Für diese ersten Schritte muss es absolut dunkel sein. Selbst das Blinken eines Handys oder einer Digitaluhr könnte verheerende Folgen haben und das Material unwiederbringlich beschädigen. Ich wickele den Film auf die Spule der lichtdichten Entwicklungsdose. Diese diffizilen Handgriffe müssen blind sitzen. Nachdem der Deckel geschlossen ist, kann dem Film erst einmal nichts mehr passieren und ich kann das Licht wieder einschalten. Dann befülle ich die Dose mit Entwicklerlösung und bewege sie vorsichtig hin und her, sodass die Substanz den ganzen Film gleichmäßig benetzt. Anschließend wird die Flüssigkeit abgegossen und die Entwicklung mit einem zweiten, diesmal sauren Unterbrechungsbad abgebrochen. Jetzt fehlt noch das Fixierbad in einer dritten Lösung, um die in der Dose entstandenen Negative dauerhaft lichtbeständig zu machen. Zum Schluss spüle ich die Chemikalien im Wasserbad aus und hänge meinen Filmstreifen zum Trocknen an die dafür gespannte Schnur. Dann heißt es abwarten. Auch wenn ich es kaum erwarten kann und dem Ergebnis förmlich entgegenfiebere, dauert es noch eine ganze Weile, bis ich mein Negativ auf der Leuchtplatte betrachten kann. Normalerweise würde ich den Filmstreifen sogar über Nacht trocknen lassen und frühestens morgen Vormittag weitermachen, aber dazu fehlt mir heute die Geduld. In der Wartezeit fülle ich meine Chemieschalen mit den nötigen Ansätzen. Erneut werde ich einen Entwickler, ein Stoppbad und einen Fixierer brauchen.

Es ist kurz nach Mitternacht, als ich mich mit meiner Negativlupe über die Leuchtplatte beuge. Und da ist er: Ethan, wie er friedlich auf der Parkbank schlummert. Mein Herz macht einen kleinen Sprung. Auch wenn die Aufnahme etwas unterbelichtet und tendenziell unscharf ausfallen dürfte, ist sie offensichtlich kein Totalausfall. Ich weiß aus jahrelanger Erfahrung, dass man aus suboptimalem Ausgangsmaterial kein Meisterwerk machen kann, aber ich bin fest entschlossen, das Beste herauszuholen. Also spanne ich das Negativ in die Bildbühne des Vergrößerers, schalte die Beleuchtung ein, wähle eine passende Bildgröße und blende das Objektiv ab. Dann kommt das lichtempfindliche Fotopapier zum

Einsatz. Bevor ich es aus seiner schwarzen Schachtel nehme, schalte ich die berühmte rote Dunkelkammerleuchte ein. Obwohl die Aufnahme nur für mich bestimmt sein wird, gehe ich vor, als hätte ich es mit einer künstlerischen Fotografie für eine Ausstellung zu tun. Schließlich bedeutet sie mir mehr als alle Fotografien zuvor. Akribisch fertige ich Probeabzüge von Bildschnipseln mit unterschiedlichen Belichtungszeiten an, die ich eingehend vergleiche, um mich schließlich für das optimale Ergebnis mit einer mittleren Belichtungszeit zu entscheiden. Der erste Schritt, bei dem innerhalb von Sekunden im Entwicklerbad wie von Geisterhand das vollständige Bild auf dem Papier erscheint, gehört zum Faszinierendsten, was die Fotografie zu bieten hat. Aber so gespannt wie diesmal war ich noch nie auf ein Ergebnis. Ich halte den Atem an, als Ethans Gestalt zunächst als zarter Schatten sichtbar wird und dann zusehends an Tiefenschärfe gewinnt. *Ô mon Dieu!* Was für ein Schnappschuss! Das schlummernde Gesicht zur Kamera gewandt liegt er auf einen angewinkelten Arm gestützt auf der Parkbank, den Gitarrenkoffer neben sich. Wie habe ich diesen betörend schönen Mann mit dem wilden Blondschopf und dem engelsgleichen Antlitz auch nur einen Augenblick lang für einen gewöhnlichen Clochard halten können? Abermals verliebe ich mich in dieses hinreißende Gesicht, die elegant geschwungenen Brauen, die langen dunklen Wimpern, die hohen Wangenknochen, die gerade Nase und in die sinnlichen Lippen, die mich auf so wundervolle Weise geküsst haben.

Gegen halb drei in der Nacht ist mein Handabzug fertig. Statt ihn zum Trocknen im Bad aufzuhängen, nehme ich ihn mit ins Erkerzimmer, um ihn bei mir zu haben. Ich behandele das noch feuchte Bild so vorsichtig und ehrfürchtig, wie ich damals meinen allerersten selbstgemachten Abzug behandelt habe. Dabei könnte man das Prozedere natürlich jederzeit wiederholen. Aber diese Version erscheint mir absolut perfekt und unendlich wertvoll. Behutsam stelle ich das Foto auf den Nachttisch.

Alles hier ist noch genau so, wie Ethan und ich es gestern Morgen zurückgelassen haben. Weil es so kalt war, habe ich sogar nur kurz gelüftet, sodass der Geruch von Ethans Dunhills noch wie eine ferne Erinnerung im Raum hängt. Zusammen mit Nuancen von Rosmarin-Schaumbad, würzigem Aftershave, *Poets of Berlin* und dem intimen Geruch von Sex. Es ist weniger eine bewusste Entscheidung als ein natürliches Bedürfnis, die Nacht hier zu verbringen. In den zerknitterten Laken, in denen wir uns geliebt haben. Zweimal bloß, eine einzige unvergessliche Nacht lang. Ich kuschele mich in die marokkanische Decke und sinne meinen Erinnerungen nach.

Heiligabend

»*Bonjour, rayon de soleil*. Dachte ich es mir doch, dass ich dich hier finde, mein Häschen.« Es ist Héloises warme, volle Stimme, die mich behutsam aus meinen Träumen reißt, wie sie es schon getan hat, als ich noch zur Schule ging. Ich blinzele gegen die Sonnenstrahlen, die mein Gesicht kitzeln. »Jetzt aber raus aus den Federn! Es ist Heiligabend und es gibt noch einiges zu tun. Madame wartet, um auf den Markt zu fahren.«

»Den Markt?«, wiederhole ich verschlafen und reibe mir die Augen.

»Den Kapuziner-Markt. Um für den Réveillon einzukaufen.«

Ich nicke und unterdrücke ein herzhaftes Gähnen. Der gemeinsame Schlemmer-Einkauf am Vormittag des 24. Dezembers für das große weihnachtliche Festessen ist so etwas wie Familientradition. Natürlich ist Héloise schon seit Wochen damit beschäftigt, die benötigten Köstlichkeiten zusammenzutragen. Aber die letzten tagesfrischen Produkte will Maman selbst ergattern, sich um die besten Austern aus der Marenne-Oléron und die schönsten Langusten schlagen, und den Kapaun für den Hauptgang persönlich aussuchen.

»Na hopp, hopp. Ab ins Badezimmer.«

❄ ❄ ❄

Als ich die schmale Treppe herunterkomme, höre ich Héloise aus voller Kehle *Feliz Navidad* singen. Allein die leidenschaftliche Inbrunst, mit der sie drauflos singt, zaubert mir ein Lächeln ins Gesicht. Als ich den Treppenabsatz erreiche, kommt sie mit einem Staubwedel in der Hand aus dem Erkerzimmer.

»Das hier habe ich beim Fegen unter dem Bett gefunden«, sagt sie und wedelt mit einem kleinen schwarzen Notizbuch. Ethans Notizbuch! Mein Herz vergisst für einen Augenblick zu schlagen, ehe es die verpassten Schläge in doppeltem Tempo nachholt. Es muss ihm aus der Hosentasche seiner Jeans gerutscht sein, als ... Allein der Gedanke an diesen Moment lässt mich vermutlich erröten.

Meine Hände zittern vor Aufregung, als ich das Büchlein entgegennehme und mich damit auf die Bettkante setze. Ich zögere einen Augenblick, es zu öffnen. Immerhin ist das, was ich hier in Händen halte, so etwas wie ein Tagebuch. Persönlich, intim und nur für Ethan selbst bestimmt. Aber meine Neugier ist einfach zu groß, meine Sehnsucht nach ihm geradezu überwältigend und die Tatsache, diesen Schatz in den Händen zu halten, schlicht zu verlockend. Also werfe ich meine Skrupel über Bord und schlage die abgegriffene Kladde auf. Das gelbliche Papier ist unliniert und riecht nach Tabak. Man sieht sofort, dass es das Notizbuch eines Künstlers ist. Mit schwarzem Kugelschreiber, in einer ebenso exzentrischen wie ästhetischen Handschrift, scheint Ethan darin alles festgehalten zu haben, was ihm wichtig und bedeutungsvoll erschien. *Juste ciel!* Was für eine ausdrucksstarke Schrift! Automatisch stelle ich mir vor, wie seine schöne Hand mit den langen sehnigen Gitarristenfingern über die kleinen Seiten geflogen ist und sie mit seinen Gedanken gefüllt hat. Alltagsbeobachtungen über Situationen am Flughafen, Begegnungen mit Menschen und Notizen zum Wetter wechseln sich ab mit aphoristischen Sinnsprüchen und launigen Kommentaren zum Zeitgeschehen, mit wundervollen Skizzen, kleinen Zeichnungen und Lyrics, die klingen wie Gedichte. Rau, klug, poetisch. Verzaubert betrachte ich die Zeichnung eines kleinen Jungen, der einem Schmetterling hinterherjagt, und die Skizze einer alten Frau, die auf einem Bahnhofsvorplatz Blumen verkauft. Ethan hat ein brillantes Auge und einen gekonnten Strich. Wenige Details genügen, um die Szene lebendig werden zu lassen. Ihre Würde, ihre Armut, die Schönheit dieser Frau und ihres Gewerbes.

Ich blättere weiter und plötzlich wage ich meinen Augen kaum zu trauen. Das bin ich. Die junge Frau, die mir aus Ethans Notizbuch entgegenblickt, gleicht mir aufs Haar. Mit verträumtem, sehnsüchtigem Blick in ihren großen Augen schaut sie anmutig über ihre Schulter. Sie trägt eine Baskenmütze, unter der sanft gewellte Haarsträhnen ihr ovales Gesicht mit dem kleinen Grübchen im Kinn rahmen. Das sind meine Augen, meine Nase, meine Lippen, sogar der kleine Leberfleck auf meiner Wange ist da. Bloß habe ich mich noch nie im Leben als so schön und begehrenswert empfunden wie auf Ethans skizzenhaftem Porträt.

Die schwarze Schrift, die durch die Seite schimmert, lässt mich neugierig umblättern.

Coralie, steht dort zweifach schwungvoll unterstrichen. Und darunter die Lyrics zu einem Song, der meinen Namen trägt.

I see myself through your camera eye / You flood my mind / You flow in my veins / You turn my world / I live within you.

Ô mon Dieu! Erst als die Buchstaben vor meinen Augen verschwimmen, begreife ich, dass ich weine. Eilig klappe ich das Notizbuch zu, um meinen kostbaren Schatz nicht mit Tränen zu besudeln.

»Du liebe Zeit! Was ist denn bloß passiert, mein Häschen?«, fragt Héloise von der Zimmertür aus, die gerade den Flur gefegt hat. »Steht etwas Schlimmes in dem Büchlein?«

»Nein.« Ich schüttele den Kopf und lächele unter Tränen. »Ich muss auf dem schnellsten Weg nach London. Ich muss Ethan um Verzeihung bitten.«

»Meine Güte, ist das romantisch!«, zwitschert Rosalie und fasst sich ans Herz. »Félix, hast du das gehört? Ist das nicht unfassbar romantisch, Schatz? Du hast dir sogar deine Hochzeitsrede von einem Redenschreiber schreiben lassen und dieser Musiker schreibt deiner Schwester ein ganzes Liebeslied. Nach nur einer Nacht. Ich muss sagen, das ist das Romantischste, das ich je gehört habe.«

»Das war dreimal *romantisch* in drei Sätzen, Liebling. So etwas vermeidet man, indem man einen Redenschreiber engagiert«, entgegnet mein Bruder trocken und schiebt seinen Frühstücksteller zur Seite.

»Aber hast du dir das wirklich gut überlegt, Coralie?«, fragt Maman besorgt. »Es ist Weihnachten, Schatz. Du wirst den ganzen Heiligabend auf dem Flughafen verbringen. Sofern du an den Feiertagen überhaupt noch einen Flug ergattern kannst. Und du weißt auch nicht, wie du ihn dort finden sollst. Du wirst an Weihnachten mutterseelenallein durch London irren. Durch den Londoner Regen. Das ist doch eine grauenhafte Vorstellung.«

»Hör auf, sie zu verunsichern, Marie-Claire«, geht Opa dazwischen. »Reisende soll man nicht aufhalten. Ein einziges Mal bringt ein Mitglied dieser bornierten, tödlich bourgeoisen Familie den Schneid auf, seinem Herzen zu folgen. Das sollte gefeiert werden! Außerdem spielt der Junge eine 1959er Martin. Und er spielt sie fantastisch. Die Sache kann es nur wert sein.«

»Ich weiß, wo du ihn findest«, ruft Rosalie wimpernklimpernd und hält triumphierend ihr rosa Smartphone hoch. »Der britische Insomnia-Fanclub schreibt auf seiner Website, dass Ethan Caine und Bryan Mendes heute Special Guests bei der Weihnachtssendung von Rock Radio sein werden. Das ist eine Radiostation in Croydon. Das Interview mit den beiden beginnt in einer halben Stunde.«

»Wow«, entgegne ich verblüfft.

»Jetzt staunst du, oder?«, strahlt meine Schwägerin.

»Ja, das tue ich«, gebe ich unumwunden zu.

»Ich bin eben doch nicht so einfältig, wie du immer denkst.«

»Das habe ich noch nie von dir gedacht, Rosalie. Aber ich dachte, du gibst mir die Schuld in Sachen Jules. Und ich dachte, du kannst Ethan nicht ausstehen.«

»Seit ich weiß, dass er kein Penner, sondern ein waschechter Rockstar ist, habe ich meine Meinung über ihn überdacht. Außerdem ist die ganze Geschichte einfach zu romantisch. Ich meine, ein Liebeslied mit deinem Namen! Geht es überhaupt romantischer? Das ist ja wohl der Inbegriff von ...«

»Romantik«, beendet Félix ihren Satz und rollt mit den Augen. »Noch einmal das Wörtchen *Romantik* und du hast deinen eigenen Rekord gebrochen, Liebling.«

»Bernard, sag doch endlich auch mal etwas«, zischt Maman.

Die Art, wie Papa aufschreckt, lässt mich vermuten, dass er unter dem Tisch einen schmerzhaften Fußtritt kassiert hat.

»Du solltest dir auf jeden Fall ein Taxi bestellen, Kleines. Die Parksituation am Flughafen ist über die Feiertage eine einzige Katastrophe. Und dann noch bei dem Schnee-Chaos.«

Maman blinzelt. »Ist das wirklich alles, was du zu diesem Thema zu sagen hast, Bernard? Deine Tochter ist fest entschlossen, an Heiligabend Hals über Kopf nach London zu fliegen, statt das Weihnachtsfest im Kreis der Familie zu verbringen. Und dein einziger Rat an sie ist es, ein Taxi zu nehmen?«

»Soweit ich informiert bin, ist unsere Tochter erwachsen, Marie-Claire«, entgegnet Papa achselzuckend. »Ich bin nicht ihr Vormund. Und Ratschläge hast du gewöhnlich genügend, dass es für uns beide reicht.«

Er sieht auf seinen Speedmaster. »Sagtest du nicht, dass du mit deinem Markthändler verabredet bist? Wegen dieser Pute?«

»Wegen des Kapauns«, brummt Maman.

Es schneit schon wieder in dicken weißen Flocken, als sich das Taxi im dichten Festtagsverkehr im Schritttempo über die Pont François Mitterrand quält. Es hat den Anschein, als hätte der ganze Großraum Bordeaux beschlossen, sich heute Vormittag auf dem Marché des Capucins zu treffen. Normalerweise braucht man für die Strecke zum Flughafen in Mérignac kaum mehr als zwanzig Minuten. Heute wird es vermutlich dreimal so lange dauern.

»Nach nur einem Song geht es weiter mit dem Interview, auf das ihr alle wartet«, sagt der britische Moderator, dessen Sendung ich über eine App mit meinen Earbuds höre. Mein Herz macht einen nervösen Sprung. »Dann sind Ethan Caine und Bryan Mendes von *Insomnia* bei mir zu Gast. Ich verrate schon jetzt: Die Jungs haben jede Menge Neuigkeiten im Gepäck. Aber vorher zur Einstimmung noch ihr aktueller Hit *Feels Like Spiritual Kinship.*«

Ich schließe unwillkürlich die Augen, als ich Ethans Stimme höre.

»Und da sind sie! Die Jungs, die uns den echten, handgemachten Rock'n'Roll zurückgebracht haben! Die begehrtesten Junggesellen der Insel! Mister Ethan Caine und Mister Bryan Mendes von *Insomnia*!«

Ethan bedankt sich höflich für die Einladung und zum wiederholten Mal frage ich mich, wie ich diesen Mann nur einen Moment lang für einen Obdachlosen halten konnte.

»In den letzten Wochen schossen eine Menge Spekulationen ins Kraut. Sogar Trennungsgerüchte stehen im

Raum. Angeblich sind Sie nach dem Konzert in Bordeaux einfach abgetaucht, Ethan. Nicht einmal Ihre Bandkollegen oder das Management wussten, wo Sie sich aufhielten. Die Fans fragen sich: Ist das der Anfang vom Ende?«

»Nein, Richard. *Insomnia* ist unser Leben. Bryan und ich machen seit der Schule zusammen Musik. Aber trotzdem wird sich einiges ändern. Und eine Trennung hat tatsächlich stattgefunden: Wir haben uns von unserer Managerin Liz Morgan getrennt.«

Liz! Die Nachrichten auf Ethans Smartphone stammten also von ihrer gefeuerten Managerin.

»Wie kam es dazu?«, erkundigt sich der Moderator.

»Künstlerische Differenzen«, lacht Ethan. »Wir haben entschieden, vorerst keine Stadion-Konzerte mehr zu spielen.«

»Nach dem Bordeaux-Konzert haben wir erfahren, dass wir im kommenden Jahr auf Arena-Tour quer durch Asien gehen sollten«, fügt Bryan Mendes hinzu. »Mit Mondpreisen für die Tickets. Ethan ist ausgeflippt deswegen und er hatte Recht. Es gab einen Riesenkrach. Er hat im Hotel randaliert und dann ist er abgehauen.«

»Die Sache ist uns einfach zu groß geworden, zu kommerziell«, erklärt Ethan. »Wir sind in letzter Zeit morgens in Hotels aufgewacht, ohne genau zu wissen, in welcher Stadt, in welchem Land wir gerade sind. Wir wurden mit fetten Limos vom Hotel zur Location chauffiert, ohne irgendetwas von der Umgebung zu sehen, ohne mit irgendwem ins Gespräch zu kommen. Schlafen, Soundcheck, Auftritt, Schlafen. Das sind nicht mehr wir. Wir wollen wieder näher an unseren Fans sein, den Leuten von der Bühne aus in die Augen schauen können. Deshalb wird die Weihnachtspause etwas länger ausfallen, als ursprünglich geplant. Und danach wird es eine kleine, feine Clubtour geben. Mit zivilen Preisen und ohne viel Merch-Schnickschnack. So wie früher.«

»Na, das klingt doch ganz nach *Insomnia,* wie wir sie lieben, und nach großartigen Neuigkeiten für die Fans pünktlich zu Weihnachten«, sagt der Moderator, als wir gerade das Flughafengelände erreichen. »Dann bleibt mir nur noch eine letzte Frage zu stellen, um auch unsere romantisch veranlagten Hörer nicht zu enttäuschen: Die Lovestory in Bordeaux – ist es was Ernstes?«

Ethan seufzt. »Kein Kommentar, Richard.«

»Wirklich nicht? Immerhin ist doch Weihnachten.«

»Selbst wenn ich wollte, könnte ich es Ihnen nicht sagen, Richard«, entgegnet Ethan und seine schöne Stimme klingt frustriert. Ich kann mir bildlich vorstellen, wie er sich dabei mit der Hand durch sein blondes Haar fährt. »Um ehrlich zu sein: Ich weiß es selbst nicht.«

Damit endet das Interview.

Ich weiß es selbst nicht. Ethans Worte hallen durch meinen Kopf wie ein Echo meiner eigenen Gedanken. Aber ich bin fest entschlossen, in London eine Antwort auf diese quälende Frage zu finden.

»Wir sind da, Mademoiselle«, höre ich die Stimme des Taxifahrers wie durch Watte. Ich ziehe mir die Earbuds aus den Ohren und blicke blinzelnd aus dem Wagenfenster, als wäre ich gerade aus einem Traum erwacht. Tatsächlich. Wir stehen am Taxistand vor Terminal A.

»Verzeihen Sie, Monsieur. Ich war wohl in Gedanken«, sage ich zerstreut und krame in meiner Tasche nach dem Portemonnaie.

❄ ❄ ❄

Ô mon Dieu! Alle Einwohner des Großraums Bordeaux, die nicht auf dem Wochenmarkt sind, scheinen sich an diesem Heiligabend am Flughafen verabredet zu haben. Ich habe die Halle in meinem Leben noch niemals so brechend voll gesehen. Menschen hetzen ziel- und planlos umher, an den Schaltern haben sich lange Schlangen gebildet. Wo man hinschaut, sieht man in ratlose und gestresste Gesichter. Ein lieblos an eine Säule gelehnter Weihnachtsbaum blinkt unstet, als sei er von der Hektik um ihn herum angesteckt worden. Vermutlich hat seine Lichterkette einen Wackelkontakt. Aus dem Daily dringt *Petit Papa Noël* in einer schrecklich schrillen Version herüber. Eine Touristengruppe mit billigen Nikolausmützen aus Filz mit bunt blinkenden LED-Sternen am Mützensaum eilt an mir vorüber. Es ist ein bizarrer Anblick.

Erst als ich mich zu den Anzeigetafeln durchgekämpft habe, beginne ich das Chaos zu verstehen. Beinahe jeder zweite Flug wurde gestrichen und die, die stattfinden, starten und landen mit starker Verspätung.

Merde! Ein Flieger nach London, der schon vor zwei Stunden hätte abheben sollen, geht angeblich in fünf

Minuten. Das kann ich unmöglich schaffen. Aber vielleicht hat er ja noch mehr Verspätung.

Ich eile zum Ticketschalter, aber auch dort hat sich eine lange Schlange gebildet. Nervös sehe ich auf die Uhr, während die wertvollen Minuten verstreichen.

»Es tut mir wirklich leid, Mademoiselle«, sagt die chinesische Servicekraft, als ich endlich an der Reihe bin. »Den ersten Flug nach London haben Sie leider verpasst. Er hebt in diesen Minuten ab. Und die nächsten sind völlig ausgebucht. Sofern sie überhaupt fliegen.«

»Sofern sie überhaupt fliegen?«, wiederhole ich konsterniert.

»Das kann man nicht wissen, bei diesem Wetter«, entgegnet sie lapidar.

»Bei diesem Wetter? Es schneit doch bloß noch ein bisschen.«

»Das sagen Sie, Mademoiselle. Alle wünschen sich weiße Weihnachten. Aber wenn es dann mal so kommt und ganz Europa reichlich Schnee zu Weihnachten hat, ist es auch niemandem Recht.«

»Hören Sie. Ich muss unbedingt einen Flug nach London bekommen. Da muss es doch eine Möglichkeit geben.«

»Sicher gibt es die. Morgen früh um neun geht ein AirFrance-Flug, auf den ich Sie buchen kann. Vorausgesetzt das Wetter macht uns keinen Strich durch die Rechnung.« Sie kichert, als hätte sie einen guten Scherz gemacht.

»Ich muss aber heute noch nach London«, entgegne ich ungeduldig.

»Verstehe. Sie können natürlich auch warten und auf einen Restplatz hoffen, falls Passagiere wegen des Wetters oder aus anderen Gründen nicht zum Boarding erscheinen. Aber an Weihnachten?« Sie macht ein zweifelndes Gesicht.

»Wann geht der nächste Flug nach London?«, erkundige ich mich.

»Um 16:30 Uhr mit Zwischenlandung in Amsterdam.«

»Gut. Ich werde warten.«

Natürlich ist es völlig aussichtslos, einen der ohnehin äußerst spärlich gesäten Sitzplätze zu ergattern. Auf den meisten der unbequemen Metallbänke haben gestrandete Passagiere ihr Notlager aufgeschlagen, als erwarteten sie, die Feiertage hier verbringen zu müssen.

Da man von den Cafés und Restaurants aus die Anzeigetafeln nicht im Blick hat, hole ich mir einen Coffee to Go und setze mich zu den anderen auf den Fußboden. Warum musste ich heute unbedingt ein Kleid anziehen? Ziemlich umständlich versuche ich, eine Sitzposition zu finden, in der ich meinen Mitmenschen keinen allzu freizügigen Blick auf meine Unterwäsche gewähre. Die grauen Steinplatten sind kalt, hart und alles andere als sauber. Außerdem zieht es. Die Temperaturregelung war hier schon immer ein Problem. Im Sommer erstickt man beinahe, im Winter zieht es wie Hechtsuppe. Und der Kaffee schmeckt scheußlich nach Schweißfüßen und aufgeweichter Pappe.

Normalerweise würde ich jetzt mit Maman über den Markt schlendern und versuchen, am Fischstand vorzudrängeln, um die prächtigsten Langusten zu ergattern. Wir würden viel mehr kaufen als nötig, weil die Händler an Heiligabend die exquisiteste Ware im Angebot haben und man einfach nicht widerstehen kann. Mit einem prall gefüllten Korb voller Köstlichkeiten würden wir nach Hause kommen, wo es nach Héloises ofenfrischen Cannelés duftet, während Papa und Félix bereits den großen Baum im Salon aufgestellt haben, der am Nachmittag von der ganzen Familie geschmückt wird.

Stattdessen sitze ich hier wie ein Clochard auf dem Boden der zugigen Flughafenhalle. Seufzend blicke ich auf mein Smartphone-Display. Was, falls Ethan nicht mehr im Sendegebäude ist, wenn ich endlich in London ankomme? Wie soll ich ihn dann finden? Wo soll ich anfangen? Immerhin ist er ein Rockstar. Die stehen nicht im Telefonbuch. Die Radioleute werden mich für ein übergeschnapptes Groupie halten und mir gewiss keine Auskunft geben. Was, wenn Maman Recht hat, und das hier eine ganz und gar dämliche, vollkommen naive und von vornherein zum Scheitern verurteilte Idee ist? Was, wenn ich Ethan nicht finde? Wenn er Weihnachten auf irgendeiner hippen Party oder bei Freunden auf dem Land verbringt? Ich sehe mich schon bei Schneeregen durch die Straßen von London irren und schließlich durchgefroren, desillusioniert und völlig frustriert in irgendeiner heruntergekommenen Pension unterkommen, weil alle Hotels ausgebucht sind. Könnte ein Heiligabend trostloser enden? Ich versuche, diesen tristen Gedanken beiseite zu wischen und mich auf mein

Ziel zu fokussieren. Noch gibt es schließlich Hoffnung. Ich werde einen Platz in diesem Flieger ergattern und ... *Merde!* Fassungslos starre ich auf die Anzeigetafel. *16:30 – Londre – Annulé* blinkt dort in fetten roten Lettern. Das darf doch nicht wahr sein!

Ich greife nach meinem Weekender und meinem Kaffeebecher, um die ekelhafte amerikanische Brühe zu entsorgen, ehe ich mich am Schalter nach der nächstmöglichen Verbindung erkundigen werde. Erst beim Versuch, möglichst damenhaft aufzustehen, bemerke ich, dass mein rechter Fuß eingeschlafen ist. Er kribbelt entsetzlich und gehorcht mir nicht, sondern klappt einfach weg. Entsprechend gerate ich ins Taumeln. Ich drehe eine Pirouette, die jeder Eiskunstläuferin zur Ehre gereichen würde, während ich krampfhaft versuche, mich auf den Füßen zu halten. Der Weekender rutscht mir von der Schulter und verpasst dem Kaffeebecher in meiner Hand einen heftigen Schlag, ehe er schwerfällig polternd zu Boden sackt. Der halbvolle Kaffeebecher dagegen wird mir beim Aufprall förmlich aus den Fingern gerissen und fliegt. Sein Inhalt schwappt in alle Richtungen und ergießt sich gleichmäßig auf meinen neuen taubenblauen Mantel, den Boden und den Passanten, mit dem ich just in diesem Moment strauchelnd zusammenstoße. *Merde!* Seiner Geistesgegenwart habe ich es zu verdanken, dass ich nicht auch noch publikumswirksam der Länge nach hinschlage. Er fängt mich förmlich auf, wobei ich ungebremst gegen seine Brust pralle.

»Verzeihung. Das tut mir so leid, Monsieur«, krächze

ich und bin den Tränen nahe, als ich vermutlich krebsrot vor Scham den Kopf hebe.

»Ehrlich gesagt, hatte ich nicht mit einem so stürmischen Empfang gerechnet, Prinzessin«, lacht er.

»Ethan«, hauche ich ungläubig und blicke verwirrt in ein Paar himmelblaue Augen. Für einen Moment fürchte ich, ich hätte den Verstand verloren und würde halluzinieren. Aber er ist es wirklich. Der Kaffee rinnt an seinem petrolfarbenen Parka hinunter. Sein blondes Haar ist größtenteils unter einer schwarzen Strickmütze verborgen. Er trägt seinen Gitarrenkoffer über der Schulter und hat einen Rollkoffer dabei. »Wie kann das sein? Was machst du denn hier?«

»Das Gleiche könnte ich dich fragen, *Sweetheart*«, entgegnet er lächelnd.

»Ich dachte, ich würde einen Flug nach London erwischen. Ich wollte zu dir. Aber alles lief schief.« Gegen meinen Willen beginne ich zu schluchzen. »Es war das reinste Chaos.«

»Hey, nicht weinen, Prinzessin«, flüstert er zärtlich und streicht mir sanft eine Träne von der Wange. »Jetzt bin ich ja hier bei dir.«

»Oh, Ethan«, hauche ich.

Und dann treffen sich unsere Lippen in einem unvergleichlichen Kuss, der die Zeit dehnt und die Schwerkraft Lüge straft. Es ist, als würden meine Füße den Kontakt zum Boden verlieren, als würde die Welt stillstehen und alles um uns herum verblassen. Das grelle Neonlicht, der Lärm, die Hektik sind mit einem Mal verschwunden. Es existieren nur noch Ethan und ich.

»Aber wie ist das möglich?«, flüstere ich mit flatternden Lidern und den Lippen noch an seinen. »Ich habe dich doch vorhin noch im Radio gehört. Das Interview mit Rock Radio in London ...«

»Haben wir gestern Abend aufgezeichnet«, entgegnet er schmunzelnd.

»Warum bist du zurückgekommen, Ethan?«

»Ist das nicht offensichtlich, Prinzessin? Alles ging so schnell, dass ich vergessen habe, dir etwas Wichtiges zu sagen. Ich habe mich in dich verliebt, Coralie Lacroix. Nein, ich schätze, es ist noch mehr als das. Es ist noch schwerwiegender. Ich liebe dich, Coralie.«

Mein Herz schlägt einen doppelten Salto.

»Ich liebe dich auch, Ethan«, wispere ich.

Es dämmert bereits, als unser Taxi vor meinem Elternhaus hält. Die Hektik und der Verkehrslärm des Tages sind festlicher Stille gewichen. Die Straßen sind leer, die Stuben vom Lichterglanz erhellt. Alle sind zu Hause, um Weihnachten im Kreis ihrer Lieben zu feiern. Selbst der Wind hat nachgelassen, sodass die vereinzelten Schneeflocken sacht und tänzelnd wie Watteballchen zu Boden schweben.

Ethan greift nach meiner Hand und wie selbstverständlich verweben sich meine Finger mit seinen, als wir über den Hof gehen. Wieder liegt der feine, unverwechselbare Duft von Schnee, Kaminfeuer und heißen Maroni in der kühlen Abendluft. Aber jetzt fürchte ich mich nicht mehr vor Weihnachten. Ganz im Gegenteil. Ich freue mich auf den Baum, die Lieder, das Festessen und auf meine Familie.

Es ist Héloise, die uns die Haustür öffnet.

»Oh Coralie, mein Häschen!«, ruft sie aus und drückt erst mich, dann Ethan kraftvoll an ihren üppigen Busen. »Ich habe gebetet, dass ein Weihnachtswunder geschieht. Tief im Herzen habe ich gewusst, dass es in Erfüllung geht.«

Paul Bocuse unterstreicht ihre Worte mit einem zustimmenden Bellen, ehe auch er sich entschließt, Ethan mit einer stürmischen Umarmung willkommen zu heißen. Weder Héloise noch ich können das Unvermeidliche verhindern. Ethan schwankt, hält dem Aufprall der gewichtigen Vorderpranken auf seiner Brust aber stand, ehe Paul Bocuse ihm einen feuchten Doggenkuss auf die Wange schmatzt.

»Paul Bocuse!«, rufe ich entsetzt. »Was ist denn das für ein Benehmen?«

»Damit sind Sie dann wohl ganz offiziell in die Familie aufgenommen, mein Junge«, lacht Opa vom Treppenabsatz aus.

»Ich freue mich auch, dich zu sehen, alter Knabe«, sagt Ethan lachend und tätschelt den großen faltigen Hundekopf.

»Jetzt aber hurtig hinein in die gute Stube«, drängt Héloise und hilft uns mit dem Gepäck, ehe sie uns die kaffeebesudelten Mäntel abnimmt. Ethan trägt einen kuscheligen grauen Grobstrickpullover zu schmalen dunklen Jeans und sieht mit seinem von der Mütze verwuschelten Haar umwerfend sexy aus.

»Was ist denn da passiert?«, erkundigt sich Héloise mit einem sorgenvollen Blick auf meinen nagelneuen hellblauen Wintermantel.

»Dieser scheußliche amerikanische Coffee to Go hatte einen erheblichen Anteil an dem Weihnachtswunder, von dem du gerade gesprochen hast«, entgegne ich lächelnd. »Ohne ihn wäre jetzt nur Ethan hier. Und ich säße am Flughafen in London.«

»Die Wege des Herrn sind unergründlich, mein Häschen. Aber an Weihnachten lässt er manchmal mit sich reden«, erwidert Héloise augenzwinkernd. »Und jetzt beeilt euch. Alle sind schon im Salon.«

❄ ❄ ❄

»Coralie, mein Schatz! Ethan!«, ruft Maman und fasst sich ans Herz, ehe sie uns nacheinander an sich drückt. »Was für eine wunderbare Überraschung! Bernard, öffne den Champagner! Jetzt können wir Weihnachten feiern.«

Und das tun wir. Der Baum, der ausladend und deckenhoch im Erker steht, und diesmal ausnahmsweise ohne meine Mithilfe geschmückt wurde, erscheint mir noch größer und prächtiger als jemals zuvor. Die unzähligen Kerzen, die Maman am Baum angebracht und im ganzen Zimmer verteilt hat, tauchen den Raum in goldenes Licht, das die roten, grünen und goldfarbenen Kugeln am Baum glanzvoll funkeln lässt.

»Auf Entscheidungen des Herzens«, sagt Papa und hebt sein Glas.

»Auf das Wunder der Weihnacht«, fügt Maman mit glänzenden Augen hinzu.

»Du bist mein Weihnachtswunder, Coralie«, flüstert Ethan und wieder einmal meine ich mich in der himmelblauen Weite seiner Iriden zu verlieren, als er mich voller Zärtlichkeit ansieht und sein Glas kurz darauf klangvoll gegen meines stoßen lässt.

»Ich weiß, dass es die Geschenke hierzulande, wie bei uns in England, eigentlich erst morgen früh gibt.«

Das feinherbe Timbre seiner Stimme lässt mich erschauern und mein Herz macht einen nervösen Sprung, als er eine kleine bordeauxrote Schachtel mit goldener Prägung aus seiner Hosentasche hervorzieht.

»Soviel ich weiß, hätte hier heute eigentlich ein anderer stehen und dir das hier überreichen sollen. Wie es aussieht, habe ich das erfolgreich verhindert. Nun ja, jetzt bekommst du ihn eben von mir.«

Meine Hände zittern und sind schweißfeucht, als ich die kleine Cartier-Box entgegennehme.

»Nun mach sie schon auf«, fordert Ethan augenzwinkernd.

Also lasse ich den Klappmechanismus des Deckels hochschnappen. Mein Herzschlag setzt für einen Augenblick aus. In der kleinen Schachtel liegt ein traumhaft schöner Ring mit einem ungewöhnlich grüngoldenen Stein in einer weißgoldenen Art-Déco-Fassung.

»*Ô mon Dieu!*«, hauche ich. »Der ist wunderschön.«

»Ich schätze, ich hätte eigentlich einen hochkarätigen Brillanten kaufen sollen. Aber als ich den hier sah, konnte ich nicht widerstehen. Er ist zwar vintage und die Fassung hat in den letzten hundert Jahren geringfügig gelitten, aber dafür hat der Peridot exakt die Farbe deiner Augen.«

»Oh, Ethan«, hauche ich, als er mir den Ring an den Finger steckt. Er passt wie angegossen. »Er ist tausendmal schöner als jeder Brillant.«

Diesmal bin ich es, die Ethan an sich zieht, um ihn vor den Augen meiner gesamten Familie zu küssen.

»Ist das romantisch!«, seufzt Rosalie.

❄ ❄ ❄

Wir reden, lachen und schlemmen bis tief in die Nacht. Auf die Canapés zum Champagner folgen gratinierte

Austern und köstliche Langusten auf Orangen-Feldsalat, Mamans obligatorischer Kapaun mit einer Apfel-Pflaumen-Füllung als Hauptgang und danach ein leckerer Birnen-Ziegenkäse im Blätterteig.

Wie jedes Jahr sind eigentlich alle schon pappsatt, als ich Héloise in die Küche folge, um Mokka zu kochen und die Bûche de Noël aufzutragen. In der offenen Rundbogentür zum Esszimmer bleibe ich stehen. Entrückt und verzaubert wie ein Kind am Weihnachtsmorgen stehe ich da und betrachte die Szene, die sich mir bietet. Die Menschen, die ich liebe, sitzen harmonisch vereint bei flackerndem Kerzenschein um die festlich gedeckte Tafel herum, lachen und schwatzen ausgelassen miteinander. Opa und Ethan sind fachsimpelnd in ein Gespräch über alte Musikinstrumente vertieft und Paul Bocuse liegt zufrieden mit sich und der Welt dösend im Durchgang zum Salon, wo die Kugeln am Weihnachtsbaum funkeln.

Juste ciel! Wer hätte das gedacht? Der ganze Tag zieht noch einmal wie im Zeitraffer an mir vorüber. Ethans Notizbuch, das Radiointerview, die bangen Stunden am eisigen Flughafen, der Zusammenprall mit meinem Kaffeebecher. Alles hätte vollkommen anders kommen können. Erst in diesem Moment wird mir richtig bewusst, wie ausgesprochen unwahrscheinlich es war, dass dieser chaotische Tag einen so wundervollen Abschluss findet. Und wie unglaublich glücklich ich bin. Ethan ist hier bei mir, er liebt mich und ich trage seinen Ring am Finger. Was für ein Tag!

»Was ist los, mein Häschen?«, reißt mich Héloises

Stimme behutsam aus meiner Betrachtung.

»Du hast Recht, Héloise«, flüstere ich. »Das, was heute passiert ist, ist ein Weihnachtswunder.«

In diesem Moment schaut Ethan auf. Unsere Blicke treffen sich, ehe sich dieses einmalig jungenhafte Lächeln auf sein Gesicht malt.

Und dann servieren wir Héloises legendäre Bûche de Noël mit dunkler Schokolade und Pistaziencrème, ohne die Weihnachten einfach nicht Weihnachten wäre.

»Die schmeckt zum Niederknien«, schwärmt Ethan mit geschlossenen Lidern. »Wenn ich mich nicht schon längst in dich verliebt hätte, würde ich es spätestens jetzt tun.«

»Das Lob gebührt nicht mir, sondern Héloise«, entgegne ich lachend.

»Na, wenn das so ist, bekommt Héloise das Lob und du den Kuss«, flüstert er dicht an meinem Ohr und haucht einen weichen Kuss in meine Halsbeuge.

Es ist fast Mitternacht, als wir es uns nach dem Festgelage am Kamin im Salon gemütlich machen und Maman sich ans Klavier setzt, um eine zauberhafte Version von *Les anges dans nos campagnes* für uns zu spielen. Und dann holt Ethan tatsächlich auch noch seine Gitarre hervor. Mit seiner 1959er Martin im Arm setzt er sich ganz unprätentiös auf den niedrigen Lederhocker am Sapin de Noël und beginnt zu spielen. Das warme Kerzenlicht malt goldene Reflexe in sein blondes Haar, das ihm in sanften Wellen über die Wangen fällt wie einem sündhaft schönen Engel.

Faszniert lauschen wir einer folkig rockigen Interpretation von *Go Tell It On The Mountain*, die schleichend und fast unbemerkt in eine gefühlvolle Ballade übergeht.

»*I see myself through your camera eye / You flood my mind / You flow in my veins / You turn my world / I live within you. Coralie*«, singt Ethan.

Meine Emotionen drohen mich zu überwältigen.

»Das war gerade das Schönste, das ich je gehört habe«, hauche ich ergriffen, als er geendet hat und die Gitarre beiseitelegt.

»Jedes Wort ist wahr«, erklärt Ethan und küsst mich zärtlich. »Merry Christmas, *Sweetheart*.«

»*Ô mon Dieu!* Ist das romantisch!«, zwitschert Rosalie.

Fin

Kulinarischer Anhang

Héloises Cannéles de Bordeaux

Wie nahezu alle Regionen Frankreichs ist auch die Gironde im Südwesten des Landes reich an kulinarischen Spezialitäten. Die Gegend um Bordeaux bringt nicht nur die berühmten Bordeauxweine hervor, sondern ist auch bekannt für ihre abwechslungsreiche, exzellente Küche. Viele Gerichte werden à la Bordelaise mit der berühmten Bordelaiser Rotweinsauce zubereitet, so etwa das Entrecôte à la Bordelaise. Weitere Spezialitäten der Region sind diverse Confits und das eher gewöhnungsbedürftige Neunauge, ein schlangenförmiger Fisch, der als Lamproie à la Bordelaise mit einer aufwendigen Sauce serviert wird.

Ganz und gar nicht gewöhnungsbedürftig dagegen ist das berühmteste Gebäck der Stadt: die Cannéles.

Cannéles (seltener Canéles) sind köstliche kleine Küchlein in zylindrischer Gugelhupf-Form - innen saftig weich und goldgelb, außen mit einer knusprig karamellisierten Kruste.

Das Geheimnis dieser Leckerbissen liegt in ihrer ungewöhnlich langen Backzeit, doch dazu später mehr.

Der Legende nach reicht die Geschichte der Cannéles bis ins 18. Jahrhundert zurück. Da die Winzer in und um Bordeaux viel Eiweiß benötigten, um ihren Wein zu klären, ersonnen die Schwestern eines Nonnenklosters ein schmackhaftes Rezept, bei dem die übrig gebliebenen

Eigelbe Verwendung finden konnten, und erfanden damit die Cannéles.

Verfeinert werden die kleinen Leckerbissen seit jeher mit Vanille und Rum, zwei exotisch anmutenden Zutaten, die in der florierenden Hafenstadt Bordeaux mit Handelsbeziehungen in die karibischen Kolonien jedoch bereits verbreitet waren.

Inzwischen existieren eine Reihe von schmackhaften bis extravaganten Abwandlungen mit Schokolade, Rosmarin und Orangenabrieb, oder sogar in herzhaften Varianten.

Heute sind die niedlichen Festtags-Küchlein ein kulinarisches Wahrzeichen von Bordeaux und werden tagesfrisch zum Frühstück, zum Kaffee oder als Dessert gereicht.

Traditionell werden die zwei bis sechs Zentimeter hohen Cannéles in verzinnten Kupferbackformen gebacken (erhältlich in diversen Online-Shops), aus denen sie sich jedoch oft nur schwer lösen lassen. Eine zeitgemäße und durchaus legitime Alternative sind Silikon-Backformen, die ebenfalls bei vielen Herstellern erhältlich sind, und aus denen sich die Cannéles problemlos herausdrücken lassen.

Zutaten für bis zu 30 Cannéles (je nach Backform):

500 ml Vollmilch
250 g (Puder-)Zucker
100 g Mehl
40 g (gesalzene) Butter
2 Eier
2 Eigelbe

1 EL Rum
Mark einer Vanilleschote
Butter zum Ausfetten der Form

Zubereitung:

Milch mit Butter und Vanille in eine Kasserolle geben, aufkochen und etwas ziehen lassen.

Mehl, Zucker und Eier verrühren. Die Vanille-Milch unter ständigem Rühren langsam hinzufügen. Wenn der Teig lauwarm abgekühlt ist, Rum hinzugeben.

Den Teig für 24 bis 48 Stunden im Kühlschrank ruhen lassen.

Die Cannéle-Formen gut ausfetten. Teig noch einmal umrühren. Die Formen zu 2/3 mit Teig füllen.

Den Backofen auf 240°C Ober-/Unterhitze vorheizen und die Cannéles 10 Minuten bei dieser Temperatur backen. Dann die Hitze auf 190°C reduzieren und 30 bis 40 Minuten weiterbacken.

Achtung! Die Backzeit variiert ein wenig je nach Ofen, Größe der Cannéles und Material der verwendeten Backform.

Die perfekten Cannéles sollten nicht zu dunkel werden, aber außen schön knusprig und innen noch pudding-weich sein. Sie schmecken am besten lauwarm, dürfen aber natürlich auch abgekühlt genossen werden.

Coralies winterlicher Seelenstreichler: Pain d'épices mit goldener Milch

Pain d'épices (dt. Gewürzbrot) ist die französische Variante des Lebkuchens. Honigbrote sind bereits seit der Antike bekannt, seit der Zeit der Kreuzzüge sind Rezepte mit orientalischen Gewürzen belegt, doch seinen Siegeszug als typisch französisches Weihnachtsgebäck trat der Pain d'épices erst im 16. Jahrhundert an. Reims, Dijon und das Elsass haben sich mit speziellen Rezepturen einen Namen gemacht, doch landesweit existieren mannigfaltige Varianten und unzählige Familienrezepte.

Zutaten für eine Kastenform (25 cm):

250 g (würziger) Honig
150 ml Milch
100 g brauner Rohrzucker
250 g Weizenmehl Typ 550
2 TL Lebkuchengewürz
1 TL Zimt
1 Prise Salz
1 Prise Pfeffer
Etwas Muskatnuss
1 Päckchen Backpulver
1 Ei

Zubereitung:

Honig mit Zucker und Milch bei nicht zu hoher Temperatur im Topf erhitzen, bis der Zucker aufgelöst ist. Lauwarm abkühlen lassen.

Mehl mit Backpulver und Gewürzen mischen. Die Honigmischung und das Ei unterrühren.

In einer mit Backpapier ausgekleideten Kastenform etwa 60 Minuten im auf 150°C vorgeheizten Backofen bei Ober-/Unterhitze backen und Stäbchenprobe nicht vergessen.

Den Lebkuchen aus der Form stürzen und 24 Stunden ruhen lassen, ehe er angeschnitten wird.

Pain d'épices kann pur oder mit Butter zum Frühstück oder als Kaffeegebäck genossen werden. Außerdem wird Pain d'épices in Frankreich auch gern in der weihnachtlichen Festtagsküche als Beilage zur Gänseleber serviert.

Goldene Milch, Coralies Schlummertrunk

Heiße Milch mit Honig ist Omas bewährtes Hausmittel bei Einschlafproblemen und einer beginnenden Erkältung. Goldene Milch ist die ayurvedische Variante. Die enthaltenen Gewürze wirken wohltuend, wärmend, entzündungshemmend und stärken die Immunabwehr. Außerdem sieht die goldgelbe Kurkuma-Milch einfach toll aus, schmeckt himmlisch und passt perfekt in die kalte Jahreszeit.

Zutaten:

250 ml Milch
1 Stück frisch geriebener Kurkuma (alternativ: 1 TL Kurkuma gemahlen)
½ TL geriebener Ingwer
1 TL Honig
1 Prise Pfeffer
1 Prise Zimt
Etwas geklärte Butter

Zubereitung:

Milch mit den Gewürzen und der geklärten Butter in einen Topf geben, kurz aufkochen lassen und 5 Minuten auf niedriger Hitze ziehen lassen. Durch ein Sieb gießen, aufschäumen und mit Honig süßen. Gegebenenfalls mit Zimtpulver und Sternanis weihnachtlich ausgarnieren.

Joyeux Noël et bon appétit!

Mehr von Anaïs Goutier:

Schneekirschenküsse in der kleinen Pension in Étretat

Manchmal braucht es Katastrophen, damit sich ein Weihnachtswunder ereignen kann.

Es ist ausgerechnet Freitag, der 13. Dezember, als Eloïse Morisseau ihren gut dotierten Job in einem Pariser Privatmuseum verliert, weil ihr Chef übergriffig geworden ist. Als sie am gleichen Abend erfährt, dass ihre Großtante schwer gestürzt ist, beschließt sie Hals über Kopf, mit ihrem namenlosen Kater im Handgepäck ins winterliche Étretat zu reisen, um eine Woche lang die kleine Pension der Tante an der wildromantischen Alabasterküste zu führen. Dort stößt das unbedarfte Nesthäkchen aus reichem Haus auf die kauzigen Stammgäste und den überaus attraktiven, aber desillusionierten Starkoch Étienne Godard, der an der normannischen Küste nach seinen kulinarischen Wurzeln sucht. Mit dreißig Jahren hat er ein hippes Gourmetrestaurant in Paris, zwei Michelin-Sterne und eine eigene TV-Show vorzuweisen, aber kein Privatleben mehr. Die chaotische Kunsthistorikerin mit Bindungsängsten und der erfolgsverwöhnte Sternekoch könnten nicht an unterschiedlicheren Stellen ihres Lebens stehen. Doch die kulinarischen Genüsse der Normandie, ein pfiffiger Stubentiger und der besondere Zauber der Weihnachtszeit entfalten ihre ganz eigene Magie.

»Schneekirschenküsse in der kleinen Pension in Étretat« ist eine französische Winterromanze – sinnlich, romantisch und voller Esprit.

Schnee auf unserer Haut

Dezember in Arcachon an der französischen Atlantikküste. Die Sommerurlauber sind verschwunden, die Einheimischen über den Winter unter sich. Für kurze Zeit verwandelt sich der mondäne Badeort wieder in das beschauliche Fischerdorf, das er einst war.

Nur Dr. Nathalie Girard hat alle Hände voll zu tun. Eine jüngere Schwester, die lieber ausgeht, statt sich um ihren hochbegabten Sohn zu kümmern, ein achtjähriger Neffe, der quasi bei ihr aufwächst, und die kleinen und großen Nöte ihrer Patienten lassen im turbulenten Alltag der pflichtbewussten jungen Psychologin wenig Platz für eine besinnliche Vorweihnachtszeit. Und dann ist da auch noch das Filmteam aus Hollywood mit seinem verflucht attraktiven Star Alain Darc, der beim Dreh auf der Dune du Pilat plötzlich an akuten Panikattacken leidet und dringend therapeutische Hilfe braucht. Kurz vor Weihnachten wirbelt der charismatische Playboy nicht nur Nathalies Terminkalender, sondern auch ihr wohlgeordnetes Leben gehörig durcheinander.

Schnee auf unserer Haut ist eine französische Winterromanze – sinnlich, romantisch und voller Esprit.

Herzklopfen und Schneegestöber

Eigentlich will die junge Literaturwissenschaftlerin Julie das Wochenende vor Weihnachten mit ihrem Freund Théo in Paris verbringen, aber als sie ihn in flagranti mit ihrer Mitbewohnerin erwischt, flüchtet sie Hals über Kopf in das Chalet ihrer Familie in den französischen Seealpen. Vom plötzlichen Wintereinbruch überrascht baut sie prompt einen Unfall und muss dann auch noch feststellen, dass das Haus bereits vermietet ist: an keinen Geringeren als Serge Signac.
Frisch von seiner Schauspielergattin geschieden, will der erfolgsverwöhnte Schriftsteller und Frauenschwarm in dem abgelegenen Chalet eigentlich in aller Ruhe seine Schreibblockade überwinden. Doch die hübsche junge Frau, die ihm so unverhofft ins Haus schneit, wirbelt seine Pläne ordentlich durcheinander. Als sie über Nacht einschneien und auf unbestimmte Zeit am Ende der Welt festsitzen, müssen sich beide zusammenraufen.

»Herzklopfen und Schneegestöber« ist eine französische Winterromanze – sinnlich, romantisch und voller Esprit.

Schneeflocken im Bauch

23. Dezember: Ganz Frankreich versinkt im Schneechaos. Die Straßen sind verstopft, Flüge werden gecancelt, Züge fallen aus. Die junge Genderforscherin Chloé hat Glück, dass sie gerade noch den TGV von Paris nach Marseille erwischt, um Weihnachten daheim bei ihrer Familie zu verbringen. Doch dann gerät sie im dichten Gedränge ins Stolpern und landet ausgerechnet auf dem Schoß von Nicolas Glace, dessen Gegenwart bei Chloé für ein rapides Ansteigen von Blutdruck und Herzfrequenz sorgt – jedoch nicht aus romantischen Gründen. Denn der überaus charismatische und höllisch attraktive Wirtschaftspsychologe und CEO einer großen PR-Agentur ist ein notorischer Chauvinist, der Chloé kürzlich bei einer gemeinsamen Podiumsdiskussion jedes Wort im Mund herumgedreht hat. Sofort nehmen die beiden ihre hitzigen Wortgefechte wieder auf. Aber als ihre Zugfahrt im dichten Schneetreiben in einem winzigen Nest irgendwo im Rhonetal abrupt endet, müssen sich der arrogante Multimillionär und die spitzzüngige Doktorandin zusammenraufen. Eine kleine Pension am Ende der Welt bietet den Gestrandeten Zuflucht und die Streithähne entdecken bei Kerzenschein und Kaminfeuer ganz neue Seiten aneinander ...

»Schneeflocken im Bauch« ist eine französische Winterromanze – sinnlich, romantisch und voller Esprit.

Anaïs Goutier
info.goutier@gmx.de

c/o Autorenservice Groa
Kasseler Str. 93
37247 Großalmerode

Printed in Germany
by Amazon Distribution
GmbH, Erfurt

11937120R00120